—格致文库—

留给未来中国的好笔墨

家园故旧

王继红 著

山西出版传媒集团 北岳文艺出版社

·太原·

图书在版编目(CIP)数据

家园故旧 / 王继红著. —太原:北岳文艺出版社,2024.1
ISBN 978-7-5378-6815-0

Ⅰ. ①家… Ⅱ. ①王… Ⅲ. ①散文集—中国—当代
Ⅳ. ①I267

中国国家版本馆 CIP 数据核字(2024)第 008153 号

家园故旧

王继红　著

//

出品人
郭文礼

责任编辑
王朝军

书籍设计
张永文

印装监制
郭　勇

出版发行:山西出版传媒集团·北岳文艺出版社
地址:山西省太原市并州南路 57 号
邮编:030012
电话:0351-5628090(发行部)　0351-5628688(总编室)
传真:0351-5628680
经销商:新华书店
印刷装订:山西新华印业有限公司

开本:850 mm × 1168 mm　1/32
字数:153 千字　印张:8.125
版次:2024 年 1 月第 1 版
印次:2024 年 1 月山西第 1 次印刷
书号: ISBN 978-7-5378-6815-0
定价:48.00 元

序一 《家园故旧》之抖音

周宗奇

拜读王继红先生的书稿《家园故旧》，但凡读到什么地方心抖了一下，就记录下来，是为此抖音。当下时髦的彼抖音，不过标签个性化的一种小视频，很快会过时的，让别的什么新时髦取而代之，不足为训。

抖音一

成功与失败之转换，看来贵在坚持。继红在《我与“山西文学”擦肩而过》里说的那件事，作为当事人之一，笔者确乎失记失礼了。一篇都配了插图即将发表的作品，因故胎死腹中，伤害编者，更伤害作者。继红要是不高兴，就此与文学创作说声拜拜，常情常理中事。可他小闹了一阵子情绪后，还是不弃所爱，坚持写作，四十多年如一日，除小说之外，又有今天这个散文选集。你看看“坚持”二字多么要紧。

笔者当年在《山西文学》任职时，还见过另一位业余作者。

其实应该算他个专业的，虽是农民，却啥农活也不干，日夜就是苦读苦写，小说、电影剧本等等，写不停，仅笔者拜读过的就不下五十多万字。生产队看他孤苦一人，照样给他分口粮，才使他温饱无虞。写着写着，就把两孔祖业土窑洞也给卖了。你说这位仁兄，算不算爱文学？可惜可叹的是，都走到这一步了，却不明何故停了下来，没再见过他的投稿，更没见他再赴省城，与编辑周同乡“切磋切磋”，干脆人影都不见了。你看看“坚持”二字多么要紧。

二十世纪七十年代中期，“革文”日见式微，民间文学大潮涌起。当时山西人民出版社文艺室几次举办全省文学创作会，每次挤进来的人头都在百十号左右，那真叫群雄并起。而几十年下来，真正忝列作家阵容的有几人？不过李锐、张石山、马骏、孙涛、崔巍、周宗奇等五七枚角色而已。有什么硬道理？坚持而已，岂有他哉？

继红的成功，坚持而已，岂有他哉！

抖音二

文学就得关注人物及其命运。《家园故旧》所收文章三十篇，仅看题目，点明写人的就是十九篇，其余虽然标的不是写人，一看还是写人，篇幅不拘大小，大都直击人物命运，只描画一点眉毛胡子的不多。这个散文集，是个人物命运素描集。从军的伯父埋骨异乡有凄凉，半路夫妻的干爸干妈一生好曲折，家乡能人张立明是个“劳改对象”，父亲的辉煌很卑微，儿时朋友板头活到老时好可怜，可怜的老年赵林松却太刚强……散文笔触下的人物简约鲜活，或许好过小说的精雕细刻，全赖对生活与生命的锥心感知感受。

抖音三

《粗缯大布裹生涯》是全书最长的一篇文章吧？等于作者的一个自传梗概。一点干酵母，可蒸出一大锅开花馍馍来。这个梗概真是好酵母呢，委屈的学历，艰辛的青少年时代，未果的初恋，峰回路转的创业，婚姻家庭事业，人生酸甜苦辣……火到起锅，蒸出来的会是一大套佛前供品也说不定哦。

抖音四

《老常家的鸽子》。老常家只有鸽子吗？神明在上，沐浴焚香，你王继红与常庆堂有八拜之交啊！二贤庄上单雄信，那可是古来上党忠义之化身。依笔者结交经历，唯上党人最够哥们儿，一诺千金，酒里带血；订交一乾坤，最是贫贱时。笔者于现代人王继红和常庆堂身上，看到了上党古风尚氤氲。

现在的常庆堂，纯属“日出而作，日落而息”的一个当代农民。王继红呢？聂尔先生说他是企业家，时代骄子，他不认账，说就是一个生意人。那也是个身家不菲的成功生意人哦。这两个人怎么会八拜之交，相处胜过亲兄弟？是个值得琢磨的事。

常庆堂可不是个普通农民。笔者让大家看看他在手机上作有一个“美篇”叫《秋叶、红薯、毒蜂、菅花、粉草》，选其中一首小诗看看：

秋叶悄悄等秋风，
秋风横起情亦衷。
既让我落我便落，
飘飘舞舞也轻松。

另有七言古风《只道春雨浥轻尘》，听听最后两句：“我设香案向天祷，不为猎奇为苍生！”他还自书“正气清风”为座右铭，书法朴拙苍劲颇见风骨……笔者赞之曰：书生农民，乡间隐士！王常之交就是当代一桩“隐士之交”，常庆堂隐于乡，王继红隐于市。“隐士”话题大也哉，本书中亮点多多，待笔者抖在最后。

抖音五

吾友邢小群写过炸锅的《我的父亲》，于建嵘先生写过晃眼的《我的父亲是流氓》，一反刻意隐恶扬善、矫饰前辈的忆亲文风，还至亲以人性真实，给后世传诚信古风，功莫大焉！可喜的是，又见《我的爷爷》。

孙子这样如实写道：“他是一个罪人”，因为贩毒，“他是被阎公治下时的民国政府判死刑的”。他“生于一八九六，殁于一九三四，终年三十八岁，正值壮年而殁，很是悲惨”，“是用两口大缸对扣着，寄放在祖坟边的地埂后，草草覆着一层薄土，未及安葬。一直到三十多年过去，他那从军的大儿子在南方做官，后来衣锦还乡，才安葬了他”。这样的“家丑”非得外扬吗？爷爷又不是什么历史大人物，说不说打什么要紧？但这个孙子放爷爷不过，因为“我的基因来源于他，血脉里淌着他的血”，我不能对他“一无所知”，“思念和探究他和家族历史”的那种真实，已然成为不可规避的人文“诱惑”，于公于私，谁说没有现实意义和历史价值呢？

于是，笔者联想到另一种更加可怕的“家丑”：每当风云突变、国难迭起时，总有那么多坏人出来作恶，招摇过市，为虎作伥，残害百姓；风头一过，这些家伙都哪里去了？居然消失得无影无踪！其实，有些家庭正是一个藏污纳垢之所，若然没有邢小群、于建嵘、王继红们的“大义灭亲”精神（笔者按：大义灭亲有真伪之辨，为自保，为有投名状，为升官发财而“大义灭亲”，伪；为人类尊严、社会正义而大义灭亲，真！）彻底清理自家的“宅基地”，势必隐患无穷，所谓“庆父不死，鲁难未已”！这样的“轮回教训”，难道还少吗？还不应该痛心记取吗？

抖音六

依笔者看，《家园故旧》的最大亮点与价值，是为我们提供了一组当代“影子群体”的活标本。当代有无古来隐士文化的现代载体？有无一个庞大的隐士群体存在？如果有，其生态环境和生存状态又是如何？这个非常具有社会指标意义的知识群体，别说长久以来被社会忽略，即便在学界也少有问津。所以笔者冠之以“影子群体”。现在，就本书所提及之“影子”者，先简略列个名单。

在“清理阶级队伍”运动中被“清理”出来，军籍、党籍被“双开”的乡村图书管理员书林先生。

天资聪慧、过目不忘，精于书法绘画、篆刻剪纸、做木工、打家具皆为无师自通的家乡奇人张立明，是一个“劳教管制”对象。

自称“胸无大志”的“闲散人”赵兄，老眼昏花了，“还在以小楷抄录《唐诗三百首》”。

家学渊源而“命途多有坎坷”的刘伯伦先生，以《咏瀑》言志：“逼向危崖可奈何，粉身碎骨亦高歌。终嫌喷泻落差小，不及人生跌宕多。”

北师大教授赵勇先生为之“隐隐地忧虑”过的聂尔，早年获“全国青年影评”一等奖，在北京领奖台上就宣布说：“这将是我今生唯一的一次荣耀。”“他把自己的人生道路一眼就望到了尽头”,情愿“在这世俗庸常的环境里吃酒聊天下围棋，生活是喜悦的，或是说对生活怀了‘虔敬和喜悦’（他即将出版新书的名字）”。

还有前面提到的常庆堂及其结拜兄弟王继红。

最后就是《寻访赵林松》中的主人公赵林松。“他是一个六十年代回乡的知识青年，一个被时代洪流抛弃而潦倒的乡村知识分子”，他住的地方，“房前空地上立着半人高的枯草，房子没有屋檐，裸着的砖墙被风雨浸蚀，蒙了一层土黄。枯白色的荒草浸阶，已快掩到了窗台”。可就是这样一个穷在深山无人问的落魄书生，多年来以自己的理解研读《资本论》，研读《红楼梦》，研读鲁迅和胡适，研读中国和世界，写出“学养深厚，文笔老道”的《鲁迅、胡适与中国文人》，写出振聋发聩的鸿篇巨制《中国土地制度的变迁》……我的天，以上种种，这是一些什么人呢？

中国自古以来就有一种隐逸文化，是由中国文人内心一种隐逸情结所造就。隐逸行为，是中国士君子一种很独特、很重要的生存方式、生命理念和人生追求。隐逸心理是一种传统文化的历史积淀。而作为一种源远流长的隐逸文化，或可与中华民族的文明史同始终。《隋书·隐逸传》云：“自肇有书契，绵历百王，虽时有盛衰，未尝无隐逸之士。”最早有传说中的许由、巢父，后来是有史籍可考的伯夷、叔齐，以及散落在诸子记载中的长沮、接舆之属。魏晋（包括魏晋）以前的士君子们，不得志时，为保有自己的独立人格，不惜“藏声于江海之上”，独处于深山老林之中，过着一种极为艰难困苦的隐士生活。著名者如孙登，如公孙凤，如范粲、杨轲，如“竹林七贤”。接下来是陶渊明，他觉得“不愿为五斗米折腰”时，倒也不必非逃到薮泽荒林中去，主张“回家即隐逸”，认为要想把自己的命运把握住，关键在于忘怀得失，安贫乐道，身在何处倒不必太计较。这也算得了孔老二“饭蔬食饮水，曲肱而枕之，乐在其中矣”的真传了。发展到六朝的谢灵运们，又更新了一种隐居模式，可以称为“亦官亦隐式”。就是：官可自做，一旦不得志，可以从容退入自家的大庄园里“闭门成市”，在独处中靠内心自我调节来求得解脱，既不必像陶渊明那样放弃太多的物质享受和名禄地位，又可以在回归自然（当然是庄园中的一片人造自然）的短暂时日里平心养性，赋诗抒怀，著书立说。这样的文化传统至唐宋不绝而有变，不再细说。元代特殊的社会现实，使隐逸文化出现鲜明对比：一方面显示出强烈的反叛精神，另一方面则悠闲处世、淡泊存身，充满了挣脱名利羁绊后新生的喜悦和对生命自由的热爱，展现了独特的人格精神。而明清的隐士，隐也无所谓隐，官也无所谓官，只有一批抗清复明的志士在国破家亡之际，落下一个悲壮绝情的“不得不隐”。

其实，在孔子的原始儒学里，早就为士君子二元结构的精神世界留有充分空间，明显包含有“避世”的一面。孔子强调经世济民的“入世”，但有个条件，叫作“邦有道则仕，邦无道则可卷而怀之”。用今天的话说就是，我想当官就当，不想当就不当，这要看实际情况而定，前提是首先得保全我的“道”，保全我的独立社会人格。孟子对此再加阐发：“古之人得志，泽加于民；不得志，修身见于世。穷则独善其身，达则兼善天下。”这方面的典型实践者是颜回。孔老师对他这位学生大加赞叹，说：“贤哉回也！一箪食，一瓢饮，在陋巷，人不堪其忧，回也不改其乐。贤哉回也。”有了颜回，便有了庄周。所以裂变前的郭沫若曾恍然大悟道：原来庄子“出世”一派，是从颜回那儿发展来的。

好，现在来一个对号入座。看看《家园故旧》中这一组人员名单，有没有古代隐士成色？古老而美绝的“隐逸文化”，在他们身上能不能看到折射闪光？哪怕只要有一丝电光闪过，也得充分肯定之，高度赞美之！

从晚清至民初，乘着皇权式微以至倒台，天下大乱，长久被打压的士君子文化有所抬头，但又旋即幻灭。陈宝箴出身江西义宁陈氏望族，《清史稿》称其“少负志节，诗文皆有法度”。成年后，宝箴交游四方，为人英毅果敢，胸富谋略，治事干练，镇压太平军，为地方官，治盗、治河、救灾、办学，皆卓有成绩。曾国藩对宝箴颇为赏识，称之为“海内奇士”；郭嵩焘年长宝箴十几岁，自视甚高，对宝箴也不吝推崇，称其“倜傥多才略”，“见解高出时流万万”。陈宝箴位列晚清名臣，其文采风仪、韬略事功，皆大有可观，堪为士大夫之典范。其子陈三立，光绪十二年进士，才识通敏，为近代诗文名家，晚清同光体诗派代表人物。梁启超《饮冰室诗话》赞之：“吾谓于唐宋人集中，罕见其匹”。三立多年随侍其父，襄助谋划，参与政事，与谭嗣同等并称“维新四公子”。戊戌功败后，以诗文终老。一九三七年，三立居北平，日军入城，“忧愤不食而死”。观其一生行状，不脱传统士大夫之本位。三立之子陈寅恪，一生是纯粹学人。标榜“独立之精神，自由之思想”，安居自守，不降志，不辱身，卓然为史学一代宗师，民国学人之楷模。一门三代，虽时当晚近，于中仍可看到传统士君子精神的流风余韵。

所以可以说，士君子文化在中国薪火相传，不绝于缕。中国当代民间思想家林鹏先生就充满信心和期望。他说“礼失求诸野，学术在民间”。“隐士是一个庞大的群体”，“隐士是士君子群体的主体”。早在春秋末期，士君子群体已然整齐地排成战阵，张扬王道，为天下苍生考虑，为社会、历史的走向考虑，不独为一家一姓一国一地考虑了。这种“士以天下为己任”，“天下兴亡，匹夫有责”的精神，已经成为他们所代表的士君子文化的核心价值。他们的社会人格已明确定型，其特色大致就是：信守个人尊严与自由，独立思考，大胆批判，安贫乐道，重义轻利，要做“贫贱不能移，富贵不能淫，威武不能屈”的大丈夫；向往立功、立德、立言而作不朽之人，指点江山、著书立说、“腰无半文，心忧天下”、“大人以国士待我，我必以国士报之”、“丈夫行事，论是非不论利害，论顺逆不论成败，论万世不论一生”；重友情，重然诺，“士为知己者死”，不惜以性命相许……认真检点一下《家园故旧》中的“影子”名单，在他们身上不是都或明或暗、或多或少、或强或弱地闪烁着这种士君子文化的光彩吗？这些当代“隐士”们绝不是影子，他们实实在在地存活着，扎根于上党地区的广袤土地上，生生不息，顽强地传播着、诠释着、耕耘着、繁衍着、创造着。算一算，天下有多少个“上党地区”啊！所以林鹏先生说“隐士是一个庞大的群体”，此言绝然不虚！殷伟先生说：隐士必须是士，而且必须是名士，所谓贤者，有学问、有才能、能够做官而不去做官，并且不作此种努力的著名文人。依据是《易》曰：“天地闭，贤人隐。”当“隐士”群体整体境界提升到这样一个水平时，想想吧，吾国华夏会发生怎样的变化呢？

小序至此，已觉臃肿。其实《家园故旧》可褒可贬者皆有，篇幅所限，只好诉诸面议了。

序二　荒原上的花朵

——序王继红散文集《家园故旧》

聂　尔

本书作者王继红先生，农家子，企业家，阳城南关人，生于一九五三年。

继红先生是文化大革命爆发之年，即一九六六年的小学毕业生，他只上了一个月初中，翌年即回本乡务农。

十四岁的少年郎，拉板车，植桑树，洒农药，修河坝，掘地洞，做一个全劳力，挣一份人民公社社员的工分。这是他作为一个农家之子的社会生命的开端。他的大部分同龄人也都是这样走过来的，所以他的这一“轨迹”并不单属于他个人。

二十世纪六十年代的后半期，城里的学生和市民在闹革命，如火如荼，难解难分，忽而世界的另一头也闹将起来，全球一片红，而中国的农民却仍旧得在土地上，以最原始的方式日日从事农业生产，以及生产之外的其他劳作。用继红先生的话说，是最底层的劳作在供给着上层的山呼海啸般的革命运程。

十三四岁的继红在每一天每一次的劳动中，都使出了他的最后的一分力气，拉长了身上的每一寸筋骨，却还是不得不时常以借粮为生。在这毫无希望亦无暇自我哀怜的岁月里，度日如年，但还是熬走了许多的日子，终于在十七岁的那一年，他“出人头地”，成为了一名拖拉机手。这时候的中国正缓慢地步入二十世纪七十年代。

二十世纪七十年代是改革开放的准备的年代，其征兆就是农村开始规模化地使用化肥、农药和农机。证据就是继红先生曾经做过农药师和拖拉机驾驶员。这使得农业产量较为稳定了下来，饿死人的事少了；同时也使得一些偶然被选中的人可以骑坐在高大的“铁牛”身上，伴着震耳欲聋的轰鸣声，自豪地俯视在他之下的田野。十七岁的继红正是这些人中的一个。

今天，以我们个人的视角看，这仿佛是一种俗常所谓的命运，但这草芥般的命运是与大历史相连接着的，或者说它就是在大历史这块石板岩上，在革命的大洪水漫过之后，从边角处冒出来的小红花。

在特定的大历史下，几乎没有什么真正的个人命运可言。继红先生常说，作为一个“五〇后”，他有着关于苏联文学，国际共运，红色中国的记忆，因而能够与他的同龄人中的思想者发生深刻共鸣。我并未就此与他进行过深入的讨论。我相信他说的是事实，且这一事实既关乎人生，也关乎人的思想。正如我作为一个

“六〇后”，身上有着无法去除的“文革”基因，是一样的。但这并非就是命运，而是一个我们终生奋斗，争取自由的前因；是时代烙印在人身上的一个难以摆脱的前提。

继红先生的这本书，是由他最近一些年写下的多篇散文集成的一本散文集，差不多就是他的整个人生的写照。在这部散文集中，继红先生写人的文章，特别是一些写亲人、故人的文章，最能打动我。我想那是因为他写出了在大历史的碾压之下，人性（我想不出可以代替这个词的其他概念）绽放在出人意料的荒原上的微弱的花朵，证明时代的狂风并没有能够吹折了每一根草。这是一份人性的和时代的双重的证据，而它并非永久地和自动地预先存放在了观念的仓储里，而是在漫长的人的生活和存在中逐渐苏醒过来的。幸亏继红先生能够写下它们，并且赋予了这些荒原上的珍珠以色彩。

比如在《干娘》一文中，继红先生写一位从“旧时代”走来的大家闺秀，如何在出人意料的凄凉生活中始终葆有一份冷静的尊严。在那样的时候，她居然能够仪态雍容华贵，待人接物一丝不苟，其宽和的怀抱足以收纳那些随风漂移的人的情感，这其中就包括少年继红对爱的渴望；

比如在《复生先生》一文中，继红写义父复生先生，一个从“旧时代”的药铺伙计转为新中国的国家干部，后在“六二压”中带病回乡的老人。复生先生人既清白之至，又不畏强权恶徒，人品、学识、教养均堪称楷模，给了青少年时期的继红一个人生的方向；

在《父亲的辉煌》一文中，继红写他的父亲，一个曾经有过解放战争时期五年的戎马生涯，经历过枪林弹雨的人，却是一个朴实的、懦弱的农民，完全不懂得天下是老子打下来的，理应予取予夺的道理，致使家庭困顿，儿子们前路迷茫。是在过了几十年以后，在死者的身后，在生者的反思中，父子才终得“和解”；

在《丁香树》一文中，继红写贫穷的母亲嫁到同样贫穷的婆家以后，在院子里手植丁香树一棵。树干粗粝而扭曲、树冠浓密荫及院子大部、活了四十六年的这棵丁香树，在母亲死时瞬即枯死，令人震惊。自然的象征主义就这样给予了贫穷的母亲以精神的慰藉，许诺给无可慰藉的生活一个美的遐想；

在《我的爷爷》一文中，继红写早在他出生二十年前已经死去的爷爷。原来爷爷是因与贩鸦片团伙有牵连而被阎锡山政府处决的。爷爷逃避追捕的矫健的身影，一纵身就跃过了围墙，但他终究死在了大历史的洼地里，死得无影无踪。作者想要探究他的爷爷是否真的罪不可赦。有此一文，整本书枝蔓相接的当代的和当下的叙述得以有了一个探往已逝社会空间的纵深镜头，像是在生活的墙上洞开了一扇历史的窗户一般，令人仿佛可以远望出去；

而在《女儿的背影》一文中，赴法留学的女儿在机场候机大厅通往登机处长长的甬道上留给父母一个背影，这一发生在现代生活场景中的离情别绪，庶几同时也是难以预测的未来生活的一个模糊的面向，因为女儿一去不回头的柔弱背影映现在了“国际政治风云变幻”的背景之上，一个普通的中国家庭就此被搁在了全球化的莫测之路上。

所有这一切并非仅是回忆，也并非仅是文学。对于继红先生这样一个一生走尽从农家之子到为商之路的人来说，他在这里所写下的一切，以及他的写作行为本身，绝非风轻云淡，更非刻意为文的产物。

继红先生的确曾经是一个文学青年，那是在人民公社衰落，个人意识觉醒的二十世纪七十年代末和二十世纪八十年代初，那一段青葱的岁月记录在了本书《我与山西文学擦肩而过》一文中，而且这一梦想即使在后来的商旅红尘之中也未曾中断过，但是，对于他，对于那时的他和此时的他来说，文学和文学梦都只是生命的旋律之一，苦难和尊严才是这场绵绵无尽的人生交响乐的真正主题。

万字长文《粗缯大布裹生涯》堪称是这一主题的绵长而又饱满的呈现、发展和终结之文。此文的叙述起自“文革”伊始的一九六六年，十三岁的初中生也放假闹革命了，可忽而又没有了革命可闹，或者是农家子弟本就没有闹革命的资格。从此，十四岁少年郎告别了学校，也告别了革命，回到生产队，做了一名人民公社社员。春天，这个少年和青壮劳力们一起，用板车拉粪土，出牛马力，拉长了筋骨；夏天，跟随老农为棉花田喷洒农药，亲眼看着老农中毒之后，“如蝼蚁一般，无一丝尊严”地死去；秋天，在删繁就简的山上，一边在棉花田里洒药，一边遥望着城里的武斗。这是一九六七年，正还是如火如荼的岁月。正是包括继红在内的农民们简单而又卑贱的劳动，“托着社会的底”，使得高贵的革命可以如画般地进行；来年及以后，继红进林业队，栽桑养蚕，学会全套的工艺流程，掌握人生第一门吃饭的手艺——毕竟吃饭才是第一要事；他还当过民兵排长，扛着步枪村里村外巡逻，怀着神圣的使命，真的认为自己在严防阶级敌人破坏，却同时又在盼望第三次世界大战爆发，幻想战争可以改变饥饿而卑贱的命运；到得一九六九年珍宝岛战役打过之后，形势骤然紧张，“深挖洞，广积粮”开始，真实的和可能的战争给农民们带来的却是：“工分值摊得更薄了，生活更苦了”。饥饿驱使农民们冒险做商品交易，远下河南，用瓷器换大米，再把换回的大米换成玉米，以便生活的延续。二十世纪七十初，整个中国开始进入一个不知不觉的命运弯道，恰在此时继红先生做了一名非常稀有的拖拉机手，他的人生开始进入一条蜗牛般的上升通道，他在人群中可以骄傲地抬起头了。

他驾驶着轰隆作响的巨大的拖拉机走过了整个二十世纪七十年代，正与蹒跚的中国是同步的。进入二十世纪八十年代的第三个年头，他决然放弃村民们眼中的优势地位，下海经商，或者也可以说是上岸经商。这是他的而立之年。一个艰难竭蹶的人生阶段终告结束，另一场拼搏开始了。翌年，人民公社正式取消。继红先生自己的“改革开放”，紧随着大历史的鼓点，甚至还稍微提前了一点，这样就更显出历史人生的戏剧性，以及人与社会之间的张力。

这就有了昔日的农家子步入商旅红尘，遄途迈迈，风雪归来，而能浩然多思，于暮日苍山独自歌吟的一个命运的轨迹。

我的上面所述，只是书中的一条主要的线索。实际上全书内容还要更为丰富一些，比如杂思类文章中的《林贤治“旷代的忧伤”》一文，写对林贤治先生著作的读后感，显出了继红对更为深广的忧愤的共鸣之情；《在北师大听课》一文，写他在北京师范大学听了赵勇教授课后，生发出的对“在奥斯维辛之后，写诗是野蛮的”这一命题的思索。此类篇目既拓宽了本书作为一本散文集的边界，或者也给所有的散文叙事加添了一个富有涵义的理性视角。

这里有一个人的命运的轨迹，亦有其思想基础挪移的痕迹，二者相交错，形成了一幅时代中的个人图景，或一个人的时代画像。殊为难得。

继红先生的文笔也很有特点，凝重不滞，沧桑多感，诸多人物，仅以一剪影，颠扑于过往，复活于今日。值得我们注视，并深思。

目　录

轨 迹

鄂省的小城安陆我去过三次。因为我的伯父在那儿工作，小城是他漂泊一生最后的落脚点，也是他生命最后的归宿。我不知道命运的轨迹是怎样把他从中条大山里带到这个鄂北小城的。

第一次去是一九六九年。我刚刚十七虚岁，是到伯父家寻求帮助的，因农村的生活太艰难了。是父亲让我去的，他想让伯父给我找个脱离农村的工作。这是我人生第一次出远门。隐约记得，喷着蒸汽的老式火车在凌晨四点多钟把我抛在了京广线上一个叫“花园”的小站。

初冬，凌晨，陌生的地方，没有灯光的街道黑黢黢的，我是怎样从那个四等火车小站找到这个小镇的汽车站转车的，全然都不记得了，只记得微曦的街道偶尔有稀疏的人影。当我被嘈杂的声音吵醒时，才发现自己坐在小小的候车室火炉旁唯一的长凳上睡着了。天色朦胧，简陋的候车室聚集着候车的人。转乘的是怎样的车，怎样到的安陆，现在想来一片懵懂。

虽然我是在半个月后背了二十斤大米回去了，并没有找到工作，但这个小城却给我留下了美好的记忆，至今想来还是那么富有诗意。它的街巷是弯弯的，街巷两旁是褐色陈年木质构造的两层小楼，铺面里暗暗的，很有些早年的电影《林家铺子》的味道，至于那湿沥沥的街巷和小楼，或许也是当年“小楼一夜听春雨，深巷明朝卖杏花”的地方吧。弯弯的街巷尽头在城西“府河”边的码头上，那时的“府河”不仅深可行船，还一清见底，肥肥的鳜鱼成群地在清澈的河水里游荡，上游驶往武汉的运货船时有经过。码头边河湾处每天下午有渔人驾着小划子驱一拨鱼鹰在捕鱼，有趣极了。由于无所事事且人生茫然，我每天都去河边看鱼鹰捕鱼，或望着河里远去的船只发呆。

听奶奶说，伯父是十五岁就从军的。因为早年丧父，家境贫寒，一九三八年初家乡成立抗日游击队“招兵买马”时，伯父为了吃饭就跑去入伙了。奶奶说他是给唐司令当“马弁”的，当时他个子还没有枪高。据家乡的县志记载，这支队伍全称是“八路军晋豫边游击支队”，领导人姓唐，故简称“唐支队”。这支队伍在家乡活动有两年之久，一九三九年底家乡发生了著名的“十二月事变”，一九四〇年初“唐支队”撤离家乡，编入八路军一二九师，开赴太行山抗日前线。伯父从此也离开家乡，跟着部队南征北战，开始了他一生的漂泊。一直到一九五五年后，他才带着累累伤痕，从朝鲜战场回来，后转业到了鄂省的鄂城，几经辗转，最后安定在鄂北小城安陆。

据说，伯父“文化大革命”前是这个小城的卫生局局长，我去时他刚被“解放”，脱掉了“走资派”的帽子，安置在一个叫“粮食储运站”的单位工作。自顾尚不暇，自然也没有办法给我找工作了。我也只好在他家吃了几天闲饭就打道回家了。

第二次去伯父家是时隔三十多年后的二〇〇六年春，伯父已是耄耋老人，我也五十多岁了。三十多年中，伯父也曾多次回老家，但由于父辈们常囿于家事的纷争，亲情的缘分自然淡漠了许多。

这次来安陆，是在一次旅行的返程途中。我在武汉脱离了旅行团，坐车直奔安陆，很有些迫不及待，因为已有很多年没见着伯父了。到安陆找到他没费多少周折，他住在一个旧公寓的四楼，没有电梯，伯母又体弱多病，难为他，八十多岁的老人，还要每天上下四层楼操劳。儿女们似乎也不得意，看情形也未给他更好的照料。由于没有事先告知，他见到我时很是惊喜。我看见他沧桑的脸上竟泛着淡淡红晕，浊浊的眼中也闪着莹莹的泪光。看他耳朵已不太灵光，说话也有些木讷，手足无措的样子，竟使我顿生怜意，心中泛起一阵酸楚。

第二天，伯父执意要陪着我去街上转转。他拉着我的手，那微微的体温，那触动心灵的亲情的暖流缓缓地在我的心底流淌，我想那一定是我们祖先的血液在身体里相互流通吧。他依着我重去走过那古老的街巷，但旧日的街巷已年久失修，失落了遥远的诗意，并在新的大街逼迫下显得极其破败，连寥寥的行人也是落寞的。街巷出口处的“府河”已干涸，没有了清清的河水和长长竹篙撑动的航船，没有了渔人、鱼鹰和鱼，只有黄沙漫漫，已了无趣味。下游不远处架有一座现代化大桥，或许是代表了小城新的生命。返回时走在新的大街上，他竟把我领到商场里说要给我买一套新衣服穿，我笑了，没让他买，他显得有点失望和尴尬。在街上他遇的熟人很多，每遇到他总是会这样说，“这是我的侄子，从老家来看望我……”他显得微微的激动和局促，苍老的脸上现出孩童般的光芒，像一阵绵绵的春雨，把我的心浸得一片湿润。真的好想抱抱他那已是孱弱不堪的臂膀。

晚上我又陪他唠了会儿家常，他拿出纪念抗日战争胜利六十周年国家主席签发的纪念证书给我看，还说国家给发了六千元钱，以示褒奖。欣慰之情，溢于言表。我也祝他健康长寿。

第二天我要走了，他非要送我去车站，我不忍拒绝，只好任他。他默默地站在车窗边，一直看着我离去，他才拭去眼角流出的泪。我想，我和伯父还会再见面的，没有想到此行竟成为永别。

伯父是二〇〇九年的秋天去世的，寿终八十六岁。我得到他病重的音讯即赶往安陆，终究还是没有赶上见他最后一面。他的葬礼也极简单，与普通人无异，似有当地卫生部门的人出席了一下追悼会，其他全由儿女们办理。我随灵车送他去了火葬场，又和他的大儿子捧着骨灰到墓地安葬，途中不禁悲从中来，我们俩号啕大哭，以致不能自持。公墓中小小的一块极简陋的墓地属于他，逼仄的小穴只够放下两个小盒子。漂泊一生的他就这样无声无息地走了。

我突然有一种冲动，想把他带回家乡，安放在奶奶的身边。我在心底默默地念着：伯父，您想回我们的家乡吗？您的灵魂能飞回家乡吗？回到您的父母和兄弟姊妹的身边吗？但愿我们在梦中还能相见。

别了！安陆！别了！我的伯父！

二〇一七年三月

干　娘

我和义父复生先生原本是一段忘年的心灵之谊，无关乎以“义父”为名义的世俗尘缘，他早我四十年生，我们这对忘年之友一起在那段荒凉的生命旅途中守望了十年。我在一篇写给他的小文中说过，他是我精神世界里的蒙师、人格养成的筑基者，我则是他孤寂心灵的陪伴者。我二十八岁那年他去了，他在草布上的弥留之时，固执地等着我的到来，才嗫嚅着说出了他最后的心愿。我在他的灵床前给他磕了个长长的头，他才闭上眼走了，把我留给了干娘。在此之前，我们的感情是封闭的，别人是不能进入的，所以我和他家人少有交集。对于干娘，我那时候也很陌生。

干娘和义父同庚，都是生于民国初年的一九一三年。干娘出身优裕，是大户人家的闺中之秀，早年曾读过女子师范，可惜应了红颜薄命之说，新婚罗帐未暖，即成孀居之人。夫家本来就是孤儿寡母的中落之家，婆婆为断族人觊觎其家产之野心，给她招赘了在家族药铺当伙计的义父上门做女婿，是亦儿亦婿，义父且更名“复生”，有复她儿子重生之意，义父的人生便加了宿命的意义。从此以干娘为纽带，本无血缘关系的三个人组成了这个家庭。

义父去后不久，在旧历的新年到来时，干娘给我做了一身叫作“涤卡”布的新装，是她自己剪裁亲手在缝纫机上给我缝制的，我则给她蒸了十几个叫“圪了”的大馒头。颇认真，完成了认干娘的仪式，我即成为她家的半个成员，半个儿子，即干儿子。据说曾有一卦师算她还有半个儿子，果然如此应验。我亦成为义父有意留给她的一份“遗产”，在我，则是和义父感情的另一种延续，或寄托。

义父去世后，我们抑或都有一种无法驱离的虚无感，或空洞感，才有这种情感的转移和依从，也使得我和义父的感情没有无处安放，随风而散。

义父刚去世那段时间，劳作之余，我常去看望她，相顾无言默默以对，这其中有无法挥去的思念和缅怀，有我们之间无言的情感阅读。那种默契的阅读，是在建立通往心灵的坦途。她虽年逾古稀，但形貌富态，神色安详，心胸宽阔，性格坚毅，身上永远有一种雍容的气质，哪怕是在极不堪的境遇中也不曾失去分毫，那种气质透出的厚重感常常重得要压垮我，击穿我内心的浅薄和轻狂。我后来常常想，是她早年的学识和生来的高贵滋养了义父，使义父这个出身贫寒的药铺伙计修养了高尚的人格和博雅而诙谐的气质。义父是在二十世纪四十年代末就外出参加工作的，曾在运城和临汾行署的药材公司工作，并做过经理，她也随往颠沛，后来义父由于身体原因于六十年代初返乡，在农村困顿的生活中终老，她跟随始终，却未见有一丝怨气烦言。

二十世纪八十年代初，我源于内心涌动着的不安分，毅然决然地放弃了当时农机站比较优裕的工作，用即将行远的青春去赌缥缈而令人胆怯的未来，这在当时是让很多人惊讶的事。当我承受着茫然和孤独的重压时，唯有干娘给我的是平静，她平静得像一湖蔚蓝色的水，我在这蔚蓝色的平静中获得了信心和力量。虽然她也看不穿我面对的茫然，也不知道我面前的道路通向何方，但她却透视了我苦恼而挣扎的灵魂，又从不去说穿。她把义父留给她的五百元的存款单悉数给我，这在当时算一个大数字，尤其是出于一个没有任何收入的老媪之手。她却简单而平静到几个字“你把它取了”，很久以后和我说了句：“你伯说过你会有出息的，就是书念得少了点。”（我一直以“伯”字呼义父）不知道这生命中的相逢是命运的偶然还是必然，我独处时常想到他们，心中充盈着柔软，不忍去触碰，就像还在他们怜爱的目光注视中。

她有三个儿子，大儿子在外地工作定居，二儿子过继给了近在咫尺的外戚远亲，两家说来也算世交。旧时大家族的形成，除了血缘关系，还有着复杂的人际江湖和舍不下的义气情缘。其间的纠葛自说不清道不明，更会形成几代人扯不断的恩和怨、情与仇。她三儿子的不幸婚姻，更与此家族的多重联姻有着万千的丝丝缕缕，最后是爱与恨的交织炽烈如荼，不仅累及他们一生，恐也愧及万分。儿子离婚时义父已去世多年，干娘已是八十岁的人了，拖着一双放过的小脚为身陷囹圄的儿子奔波，面对家庭的变故，她示人的神色是尊严的，言辞是平和的，从未见她有恶语冷眼，即使是见不堪之人、遇不堪之事，她也是留下了长长的宽和的甬道。几经曲折儿子签下离婚协议书，从此母子相依而活。

至少在我看过的女人中，干娘的女红是无与伦比的。清贫窘迫，都不能改其衷，再艰难的岁月也从未击败她生活的从容感。义父在时，那一身朴素得体的装束，衬着义父清瘦的身体和那份特立独行的气质，更显他英气勃然，使他没有因退居农村，在困顿而局促的生活中而显委顿，那黑白相间柔软的圆口布鞋，那对襟的盘着布纽扣的中式布褂，从剪裁到缝制，都出自干娘之手，我豁然明白，原来生活的秘密都出自女人之手，一个男人的气度中没有了女人气质修养的浸润，是干涩的，是不仁厚的，是没有柔和感的，不管她是祖母、母亲、爱人，或为情人。我也是多年对干娘的观察才得其要领，心中常慨之而叹然。

她的邻居是县里的一个老干部，其女眷极讲究，每到冬夏都要拿来衣服让干娘缝制，好像穿着干娘为她缝制的得体、细致，体现着一种优雅的衣服，方才显得出她高贵的身份。一直到八十多岁，干娘都还在帮着她做。我看干娘做女红，常常是一种莫大的享受，默默中跳动在我眼前的是“慈母手中线，游子身上衣”形象的动感画面。干娘无女儿，一辈子都在给人做针线，没人为她分担，我常常看着她那骨节粗大且扭曲的两只手，心里总有酸楚之感，不知道她要劳作到何年。她倒是在不经意间常说：“唉！这世上就是‘巧为拙者奴’嘛。”直到她八十多岁时，她感到自己做不动了，她也知道自己余年无所依靠，要走过生命中最难堪的一段，她默不作声给自己整整齐齐收拾了几身衣服，新的和旧的。我想，她是要为自己的余生守一份体面与尊贵，还有她给自己做的送老寿衣，她做得是那么认真、镇静、安详、妥帖，她要为自己留给我们最后一份高贵的尊严，一份冷静的尊严。我静静望着，常有肃然之感。但她是活过了九十多岁，尽管把那些衣服都穿过了尽头，在她身上永远是富态、得体和舒适的。记得我曾在缝纫店里给她做了件衣服，她又拆又缝，很费了一番改动才穿。想她前半生也曾繁华，后半生要有多仁厚的心胸去包容那么多艰难不堪的生活而不改色。她亲自给我做过的饭，做过的哪怕是些微小事，无一潦草，她总是在局促的空间里用入微的精致来体现一种人生的高贵品质。

女儿读高中时，学业一度曾荒于小说及杂书。我曾痛心疾首，而干娘则不以为意，坚决支持女儿的阅读，她对阅读的理解和认知令我和女儿都感到惊奇，奇她一个八十多岁从民国旧时代过来的人，竟有如此开明之思想、深刻之洞见，至今忆及往事，仍感叹于心。

干娘有个弟弟行伍出身，辗转羁留在了云南，在二十世纪九十年代他八十多岁时回来过一次。他们姐弟相聚时照了一张黑白照片，他们那阅尽沧桑后的平和感定格在了快门闪动的瞬间。我透过照片试图读懂他们家族繁华的历史在他们身上打下的烙记，那是一部因土地改革运动戛然而止的农耕家族的耕读文化史。我心中装满了无奈与凄凉的历史感，真是常言说的“三十年河东，三十年河西”吗？还是上帝之手无意的翻覆？我深感困惑，曾为他们做过命运的假设。

“不以物喜，不以己悲。”这抽象的命题，我在干娘身上看到了生动的体现或形象的诠释。虽然她生活清贫，甚而窘困，但她的内心从未缺失过坚韧的尊贵，且温和而平静。因而她平视这个纷乱的世界，无论显如达官贵人，或贱如粗野村妇，她处上不卑，处下谦和，她的目光平和、干净，温柔而坚定，没有一丝欲望、羡慕、犹疑和慌乱。她就是用这种目光消融着我心中巨大的黑暗——自卑，使我建立了人生的信心，拥有了坚定的品质。那个她常给做衣服的老干部的家人，有时给她送点礼物以示感谢，或贵或贱，她只是淡淡地谦让或接受，哪怕是她喜欢的，她永远没有惊喜与渴望过。我在不经意间感到，这是她骨子里流淌着高贵血液的使然，她一直坚守到生命的尽头。

如今她走了，有十多年了，但她常常走入我的梦里，依然宽和坚毅。每一寸的目光都有无限的温暖照着我，并蓄满浓浓的爱意，像长河的落日，大漠的孤烟一样，蕴含着那么悠远绵长之爱。

二〇一九年九月

那几位故人

复生先生

复生先生个小，体瘦，面清癯，歪嘴。由于曾患过中耳炎，嘴歪怕是手术损伤面部神经所致。先生早年在城内有名的白氏兄弟开的药铺做伙计，通药理，精药性，善炮制草药。一九四五年阳城解放后，他即外出参加工作，二十世纪五十年代曾官任临汾、运城两地行署药材公司经理。

先生一生性情狷介、一尘不染，后因身体原因，及手术损毁面容后的精神压力，终于在“六二压”中返乡。“文化大革命”中，山西打倒走资派“卫某”，先生曾私下和我说，他在运城任职时曾和任行署专员的卫某家为邻年余，私交颇善。说时面色凝重，唏嘘有声。

先生是本县孙庄人，生于一九一三年，少时家贫。在白氏药铺做伙计时经人介绍入赘到原姓人家。其原姓人家家境殷实，但只是孤儿寡母，家道中落。先生入赘之夫人张氏，是原家守寡儿媳并非女儿。先生去世后，我听先生夫人讲过，前夫与她婚后不几日，其即患急症而逝。先生入赘改为“原”姓。改名“复生”或出此事因。先生夫人张氏与先生同年，出身富家，是大家闺秀，曾就读于民国初年的阳城女子师范。识诗书通音律，善持家，并极精于女红，常说为人所奴，但亦为人所颂。所言之女红“极精”绝非妄言。想先生一生所积学识，教养与夫人极有干系，想应是先生此生之福。

先生返乡后，一度曾任生产大队（彼时称村为大队）党支部副书记兼任粮库保管。后专任粮库保管，再后来到大队卫生所炮制中药。一直到一九八〇年秋逝世。他一生工作极认真，一丝不苟，与人多为善，但疾恶则不避强势之人，常令恶俗之徒见而畏之。他一人任大队粮库保管十多年，清白之至，在全大队三千口各色人等中，未曾有半点微词。在那饥饿的年代，司粮库保管可说是操生死之大事。去借粮的多是饥肠辘辘的大队社员，他常怀极深的怜悯之心，无论何时，只要有开了借条的社员找他，或清晨睡意未消，或正午烈日如荼，或正在回家吃饭的途中，或忙于琐事，他都会毫无怨言地返回去给开库称粮，常令等米下锅的家庭感激万分。他常和我说有饭要送给饥人。他性情诙谐机敏，为人又极正派，“文化大革命”中所幸能免于祸患，躲过一劫。也曾有人说他是地主分子，要批斗他，他说我不是地主分子，只是家属，于智中幽了一默。好在当时并无人响应，此徒也奈何不得，只好不了了之。

先生长我四十年，与先生交好始于二十世纪七十年代。十七岁在村里做拖拉机手的我，虽家贫，却也正在做着文学青年的梦。从经常去借粮度荒与先生交往始，先生的人品、学识、教养和我的文学梦相互交融，逐渐成为我们这对忘年之交相互慰藉孤寂心灵的一抹亮色。在那连字典都没有的荒芜年代，先生是我初涉训诂之学的蒙师。有次我问他“敦”字何解，他则谓我“敦笃厚实之人”，令我心中如饮甘甜。他还是我幼稚且不成器的小说习作的第一真诚读者，看后常找出村里的小说人物原型对号入座来戳穿我，也让我好生尴尬。记得我的小说中写过一个形象妖艳的女人，根本就是隐晦地暗示了一点朋友母亲的痕迹，他看后笑笑不让我示人，说怕朋友识破，面子难堪，制止了我的年少轻狂。

我和先生初在一起的几年，也正是我生活窘困、人生迷茫的几年，正是他的诙谐幽默的人生态度、疾恶如仇的精神品质给了我莫大的鼓舞。他鼓励我写作，并寄予希望，这一束文学的阳光照耀了我的一生。一九七六年十月的变局后，生活渐趋好转，文化生活也趋于活跃，我和他经常一起去看电影，更有了说不完的话，令很多人误以为我们是父子。不管是契合还是影响，他的诚实、坚定、疾恶如仇的品性给我留下印象，深深影响了我的一生。

他病重之时，自知不能久持，召我去，让我给写遗嘱，我忐忑，怕不能胜任，他竟生气，我应承了他才高兴。他有三个儿子，老二过继他人，他一一嘱咐，唯恐不周。每述一段都征得我同意，写完很久，我都甚感惶惶然。我想不知是否上天给我们安排了前世今生此一段缘分，令我们彼此心生欣然。

先生是唯一给予我灵魂成长关爱的长者，令我至今依然负着沉沉的思念，不能放下。想先生弥留之时紧握着我的手，要认我为义子的嗫嚅之态、羞涩之情，恍如隔世又历历在目。今与先生高山流水却衷肠难诉，唯有泪千行。

先生已去近三十载，今又是秋风萧瑟时，蒙眬泪眼遥遥望去，一抔黄土，几零落叶，斯人已去，逐梦难回。

书林先生

书林先生是我的邻居，从军生涯有近三十载，早年曾入阳城日伪军职，于一九四五年初反正起义，即随军南征北战，战争结束后落脚于云南边陲，戍边近二十余载，官至团职。

书林先生是二十世纪七十年代初，在“文化大革命”中“清理阶级队伍”运动时，被“清理”回乡的。军籍和党籍一并予以革除，俗称为“双开”。但所幸并未戴上什么反动派“帽子”，家乡的人也厚以待之，也并未再“踏上一只脚”，并给予了他照顾。据说他起义反正前有一段传奇。一九四五年初，八路军和民兵围困日伪碉堡时，他自觉穷途末路，便以所携“三八”式长步枪枪托抵地，太阳穴抵枪口，用大脚趾扣动扳机自戕，不巧恰遇一枚臭弹，幸免于一死。方悟及此乃天命，遂放弃自杀。后在中队长崔天法的带领下起义投诚，即被整编入阳北独立营二连，崔任连长。此次投诚事件在本县县志中亦作有重要记载。由于他与崔有妻亲关系，崔留他在其身边做警卫员。后在部队离开阳城赴运城参战时他也曾糊涂，随崔一度擅自离队回家。后又在部队来人的劝说下归队。老崔则避走回河南原籍，后虽又返阳，但终未重归部队，致其一生潦倒。书林先生返乡后，对年老体衰、生活困顿的老崔也常予以接济。由于那一段不堪回首的往事，我在他家遇见过穷困不堪、体弱多病的老崔，他只说是他远房亲戚。有些遥远而飘零的往事片段，是他夫人在他去世后给我有所提及。

他返乡初，全家人都入籍农村户口，子女多，且未成年，无生活来源，只能以积蓄度日。一直到“九一三”事件后，由于时局的变化，他才得以恢复党籍，生活也才有了改善，子女也转为市民，陆续插队或参加工作。并在一九七四年或一九七五年得以平冤，部队也来人看望，慰抚。家乡生产大队还给他划了一块地基，他修了一个独门小院子，生活和心情才得以改善。但严重的肺气肿和哮喘病已在侵蚀着他日渐虚弱的身体。他一度在村里被派一闲职，管理一个小图书室，看书人寥寥，他常默默而坐。我由于在大队做拖拉机手，闲暇时常去翻翻书，得以相交并来往日深。他的一些经历、往事和苦闷的心情，在我们的交往中常常倾诉于我，由此不仅知道了他几十年戎马生涯的一些片段，还知道了他被“清理”还乡的隐情。其事发于家乡有人将他秘密举报给了部队，说他在日伪任职时有恶迹，或有人命官司，实则是子虚乌有，有人嫉妒他而已。这个致命的精神打击，致使他的身体在返乡后极快地衰病。在我们的交往中，他也常流露出内心的焦灼与痛苦，他极渴望洗去污浊，重返边地，重续他的戎马生涯，而后或将衣锦还乡。但这些想法在当时像梦一样虚幻和遥远。后来阳城有很多从云南返乡的军队离休干部，多是他几十年的战友，还有人专程来看他。面对这些身着戎装、神采奕奕的昔日战友，不知他心中有凄凉几许，积块垒几重。此情此景我在心中常为他悲哀。

由于开拖拉机的便利，困境中我也常常给予他一些帮助，为解断炊之困在乡下偷偷给他买过粮，也在冬天帮他拉煤以御冬寒。他也视我为忘年之友，并很是感激，言谈中有了愉悦和喜色，我也甚感安慰。

他终是未能熬过一九七六年这个曙光初现，但依然寒冷的冬天。我匆匆赶去医院看他时，他已是处于昏迷状态，弥留之际。医生还在抢救，但终未能回天，不日即离世，年仅五十三岁。我曾托复生先生书一挽联，至灵前凭吊。

我们的交集虽只有短短五年时间，但也算忘年相交一场。二十世纪八十年代早期，我曾用幼稚之笔以他为原型写过一篇小说，以感怀他返乡的遭遇。记得文学中人有人给推荐于地区文学期刊，但辗转中也终遗失，今著此小文，以为纪念。

张立明

张立明原名刘震文，是随娘嫁父从乡下到城里后改名换姓的。其天资聪慧，悟性极高，书法绘画，篆刻剪纸，做木工打家具，皆无师自通，且手工精巧无比，可说是家乡奇人一个，后在队办工厂搞产品设计，绘图描红更是有过目不忘之异功，因有数技之长，被收在村办企业，开始做木工，后做设计绘图工作，但仍属被管制劳动的对象，因此他内心亦有大苦悲和大不甘。

记得二十世纪七十年代初，到处都在搞“学大庆，学大寨”的展览。立明虽是批斗对象，但由于其设计制作展览版面有无人能及之才华，常被村里的当权者作为特别技术员派往各地去帮忙筹办展览，以完成政治任务，并以此换回队里小工厂紧缺的工业物资。于他自己倒是也能暂避群众批斗，还能混顿饱饭吃。有一次在公社办学大寨展览，展览室门口制作了一块高大的水银玻璃屏风，差不多有两米多高。偌大一面水银镜子在当时的确是个贵重稀有之物。晚上加班时一工人不小心拿东西碰到，从上到下裂了一道纹，大家都吓坏了，那个工人更是吓得直哭。谁都知道耽误了第二天的展览，可是天大的上纲上线的事件。唯他看后则不急无躁，拿起剪刀，找来彩条纸，稍加比当，即剪出一枝盘虬之傲霜寒梅，神极。拿糨糊一粘，即天衣无缝，给展览会也平添一道小小风景，一时被私传为佳话。

立明弟兄两个，由于乡下的生父是地主成分，致他兄弟俩一生极尽坎坷。本想随母改嫁换个门庭，但始终被“血统论”压迫，“地主”的帽子已成头上去不掉的“紧箍咒”。弟弟生性老实懦弱，不堪其辱，某天晚上在生产队被批斗后，夜深人静时跳入粪坑自溺而亡。他则要顽强地活着。据说在六十年代闹饥荒时，他正读中学，饿极，曾画饭票以假乱真混饭充饥，事发即被开除回家，管制劳动。后在村办小厂做木工，“文化大革命”中成被专政对象。我知他始终是犟而不屈，但心理已是极度扭曲，从此对社会和人的看法甚恶，使我倍感悲凉。那个跟他学艺数年的徒弟，当众揭发批判他不说，还要趁乱踢他两脚，以示划清界限。此人后来嗜酒成瘾，当壮年而猝亡，生前不知是否有过些许自责或忏悔，悔其无知之罪孽。

改革开放伊始，他即辞职，扬头吐一口恶气，去自由谋生。每年上元节，大队都装一彩车上街游行亮相，以在县城街头文艺中争奇斗艳。而每年都是他在大队干部的督管下，策划制作。由于他的辞去，有人便说，死了张屠夫，还要吃混毛猪吗？遂从县工艺厂聘来几位工艺人，并在暗中憋劲要超越他。而他只是暗暗发笑。果然眼见节日临近，彩车还一塌糊涂，只好把他请回，他只两晚间即点石成金，终于傲视了他们一回。其实他从心底一直是鄙视他们的。我专门问及此事，他只呵呵一笑，其心地则悲凉。

我和立明兄生前曾有一段过从，生活上常帮他一些小忙。在他的书房兼画室，和他聊过几回天，也甚觉投缘。他也曾书过两幅字画送我，并亲自装裱。记得条幅是李清照的《夏日绝句》："生当作人杰，死亦为鬼雄。至今思项羽，不肯过江东。"还有一幅画，画了几枝瘦竹，并题郑板桥《竹石》诗。可惜在几次的搬家中损毁丢失。

立明兄故于二十世纪九十年代初，虚年只五十有二。想他生前空有一身才华，却时运不济，一生多有磨难，且当壮年即逝，人生憾事，实是悲哉乎！

二〇〇九年九月

父亲的辉煌

当我写下上面这几个文字时，恍惚之感与愧疚之情油然从心底而生。我那个卑微的父亲有过人生的辉煌吗？像父亲那样卑微的人，家庭生活的贫困不仅使他在外人面前没有了做人的底气，也使他在儿子们面前变得沉默寡言而失去了一个父亲应有的尊严。他的辉煌又从何而来？

我一直对父亲是很轻视的，以为家境的贫寒是父亲的罪过，所以从未正视或去定义过父亲那曾经有过的人生辉煌。那段与中国大时代命运紧紧相连的荣耀与辉煌，也是他一直在心中默默坚守着的辉煌。这也是我在父亲去后一直负着的沉重感。

每当翻开尘封的记忆，我就会在蒙眬的泪眼中去拼接父亲往事的片段……

据父亲的退役证明上记载，父亲是一九四六年初参军的，一直到一九五一年才退役。他经历了那场席卷中国大地轰轰烈烈的战争的全过程。戎马生涯五载有余，想必也是有一番枪林弹雨与刀光剑影。父亲回乡后一直在生活的底层默默地卑微地生活着，忍受着贫困生活的磨难，从未有过半点的自我炫耀或张扬。只记得小时候父亲的两位乡间战友偶尔来访时，才能听到他们因对平淡而又艰难生活的抱怨，而引发对战争年代的怀念，对已逝去的他们生命中那段辉煌岁月的怀念。他们或唏嘘战场上牺牲的战友，或慷慨那曾在军号声里沸腾过的青春热血。他们怀念在那千里疆场上的驰骋，怀念那用青春年华编织的军旅生涯。尽管在那个年头他们的生命或许也是贱如尘土，但那却是他们视为终生的荣耀与年轻的辉煌啊！虽然孩提时我似懂非懂，虽然也只是记住了只言片语，但它已深深地印在了我的记忆中。每当我在脑海里去追寻这些遥远的记忆时，我常常感到羞愧，我常常自以为是自己所谓的成功与辉煌，与父亲生命中的辉煌相比，它是多么渺小和不足为道。我深深感受到了在父亲卑微如尘的人生中，那一抹个体生命在时代洪流的涌起中折射出的绚烂和辉煌。不管历史学家将来如何去界定人类战争的意义，或是这场战争的性质，父亲的这一段生命中的辉煌我想都是值得我去仰望的。不管他是被战争或时代的洪流所裹挟，还是他个体思想觉醒的义无反顾，都是他个体生命经历的辉煌，而战争之悲凉则是人类之悲凉。

后来听母亲讲，她和父亲是一九五〇年结婚的，那时战事已经平息，父亲已是某部电话班班长（这也是我在父亲的退役证明上看到的）。当时环境已比较稳定，母亲还到部队里住了一阵子。我还记得在儿时那寒冷的漫漫冬夜，父母和我们围炉叙着夜话时，父亲的军旅生涯就是他常说的话题。他也曾诉说战争的血腥与残酷，也没有避讳自己对战争的恐惧和胆怯，对能从战场上活着回来也有着莫大的庆幸和感恩，也常常对离散在天南地北的战友有着深深的怀念。也听他讲过军旅的逸闻趣事和驻地的风土人情。在那贫穷而温馨的夜晚，他和母亲共同怀念着他们一生中最快乐的时光，被炉火映红的脸上常常洋溢着幸福的光。这也是我记忆中父亲最快乐的一段时光。此时的我多想让旧日时光重新流淌，或把那段时间永远定格，好再看着父亲幸福的模样。

父亲早年丧父，爷爷去世时他才九岁，跟着守寡的奶奶一直在贫苦中长大，身体也不好。退伍后在那个年代独立支撑家业，也实是不易。而我是家中长子，由于对父亲的偏见，虽然一直和父亲在一起生活，但在感情上长期形同陌路，不知道给父亲心灵上造成了多大的伤害，而父亲只是默默地在容忍和宽容着我。如今我只能在冥冥中忏悔着，请求他的原谅了。

记得是一九九〇年，当父亲获悉参加过解放战争的农村籍退役军人，也可到民政部门每月领取二十五元的生活补助时，已是六十多岁的父亲竟像孩子一般地笑了，还说国家到底是没有忘了他们。这件事似乎给父亲找回了他的尊严，让他兴奋了很长时间。这二十五元钱有着一种特殊的象征意义，他很固执地把这二十五元钱看得比我们给他再多的钱都要重要。当时改革开放已多年，我自以为很有钱的样子，所以对父亲在民政部门领来的二十五元钱，和父亲那高兴的样子很是不屑一顾。一直到今天我才读懂了，父亲其实是视它为自己的尊严和荣耀，并在心中默默守护着他生命中这唯一的尊严与荣耀。每当触及这些往事时，我心中就充满着愧痛之感，常常不禁泪水涟涟。不知道父亲于九泉之下能原谅我吗？

父亲是一九九七年秋去世的，算来父亲离开我们已有八年多了，但这种愧痛之感常常萦绕在心里，久久挥之不去。父亲是千千万万中华儿女的一个缩影，生于乱世的他，曾经为中华民族的独立与解放，也为新中国的诞生而英勇战斗过。虽然他一生是无声无息地活着，又无声无息地死去，但他生命中永远珍藏着一段他视为骄傲的辉煌。

当我怀着沉重的心情写下这篇文字时，不仅是对父亲的纪念，也是对那个时代，千千万万像父亲一样曾经在这块土地上挥洒过热血和青春年华，而又在那个艰难的岁月里卑微默默地活着的或逝去的老人们的一点纪念。愿父亲在天之灵能够安息。

二〇〇五年十二月十日

丁香树

母亲走了，随走了院子里的一株丁香。据说这株丁香树伴随了母亲在婆家的全部年华——四十六个春秋。这株丁香是在我们送走母亲的当天夜里枯死的。都来不及奇怪，我们只有谜一样的惊愕。

我至今极喜欢戴望舒的《雨巷》，或许也缘于此。记得那凄婉而迷茫的诗句写着“她是有，丁香一样的颜色，丁香一样的芬芳，丁香一样的忧愁……在雨的哀曲里，消了她的颜色，散了她的芳芳，……消散了她太息一般的目光”。当然，这首诗后人解读的是诗人在大革命失败后迷茫和颓丧的情感，而母亲去后，我一直是直译的、直觉的。我想母亲一定就是那个丁香一样的结着愁怨的姑娘，四十多年前来到一个陌生的地方，种下了一株芳菲的丁香，来伴着她陌生而艰难的人生。

这株芳菲的丁香对母亲终生的陪伴，一定就是母亲一生艰难生活中的精神慰藉。享寿六十五岁的母亲，植了这株芳菲的丁香，陪伴了她四十多年。

这株丁香树，树干有十余公分，粗粝而扭曲着，树身是弯了两个弯才终于向上，或许也是母亲一生苦苦的象征。它浓密的树冠荫及了院子的大部，每年农历的二月，当一个叶芽都未发萌时，米粒儿大小的丁香花就绽放了一树，一粒挨着一粒，满满当当的，雪白雪白的，看着真是醉人。淡淡的清香还会飘向左邻右舍，常常会有人闻香而来看花，总会说一句“真香啊”。我想母亲一定心里是甜着的，脸上是笑着的，我多想让母亲笑啊，但在她生前我很少看得见她笑。

奶奶也说这株丁香是母亲嫁过来时亲自植下的，所以一定是真的。因三十岁就守寡，奶奶性格是强悍的，而弱弱的母亲总是不讨奶奶的喜欢。再加了做农民的父亲的不争和懦弱，当然不如做工人的叔叔和在外地当干部的伯父讨奶奶喜欢。这也是母亲在这个家庭里悲苦命运的一个源头，当然，更加艰难的是那个年代农村生活的极端贫困。

孩提时的一幕场景至今记忆犹新。“大跃进”年头，吃大锅饭，早饭只有限量的稀稀拉拉的菜汤，菜汤里只有星星点点的玉米渣。而母亲要去十多里外的山里为大炼钢铁的小高炉担矿石。午饭的干粮是一个用玉米秸秆熬出的淀粉做的窝头，而且只有去担矿石的人才能领到一个，打早饭时一并领上，不干活的老人和小孩子是没有的。母亲领着我去打饭时会让我在门外等着，一个淀粉面的窝头母亲要背着我预先掰成两半，一半她自己先装起来，另一半给我吃，并要告诉我就是半个，要不的话，怕我看见了都要吃，或还要怨恨她。我哪里知道那是她来回三十多里去担矿石挣到的午饭啊！我恨死自己了，我为什么要看见？我为什么要哭着吃一个？每思及母亲，我都会想起那令我心碎的一幕，每次想起，对我都是心灵的一次煎熬。母亲靠那么一小块用秸秆熬出的淀粉做的窝头，是怎样把那沉重的矿石担回的？而我还竟是那么不懂事。不堪回首，多么不堪回首的这一眼景象，竟像心灵上的一个疤痕，折磨了我一生，难道这就是上帝对我的惩罚吗？

有一次，父亲出工不在家，当时，“大锅饭”已散伙，但家里断炊还是常态，母亲带我去一个叫野狐沟的地方捋树叶子。捋了一种不知名的树叶子，回来煮了吃，结果我和母亲脸色发青，又吐又泻。母亲看着我，含着泪的眼睛里充满歉疚和无助。

母亲曾告诉过我说外婆家养有一条狗，她刚嫁过来时，两地相距近二十里，每当她一个人从娘家返回时，这只叫“二黑”的狗，一直要把她送到婆家的门口再返回，而且从不进门。不知是有意还是无意，母亲常讲：狗不嫌家贫，儿不嫌母丑。真想给天堂的母亲写封信，告诉她我从未怨过她，真的。但我也没来得及疼爱我苦命的母亲，她就去了。

由于父亲的懦弱，无论在奶奶跟前还是在生产队里，母亲平白地多受了很多的委屈，而不懂事的我没有给母亲更多的保护。每当奶奶和母亲吵架时，我们只有尴尬的沉默。原因是我是这个家族的长子，奶奶从小就对我一直很好。这种矛盾的心理阴影一直到如今也没有驱散。这也是至今我未给奶奶写下一个字的原因。

母亲是一九九三年秋病倒的，是严重的脑出血，在床上躺了三年。那时我们生活刚刚好转，解决了吃饭问题。满以为她会过几天没有忧虑的生活，过几天脸上有笑容的日子，而她却突然病倒了，过了三年生活不能自理的痛苦时光。母亲去了的二十多年来，我一想起来心里就痛得慌。母亲是多么渴望过几天好日子啊！母亲的命运或也是上一代绝大多数农村女性群体悲苦命运的写照吧！我常常在街头或田野对这些女性的凝视中心生戚戚。

一九九六年秋，母亲走了，随走了她亲手植下的丁香树，永远地走了。以前我不知道永远有多远，母亲走后我知道了，我现在和母亲离着的距离就叫永远。而这个“永远”只会对母亲有着永远的意义。但愿母亲在那边会有父亲和丁香树陪着她。

二〇一六年秋

女儿的背影

女儿到法国读书已快三年了，临行时在北京机场长长的登机甬道上，她留给我的背影，仍时常出现在我的梦中。

小女自幼身体不大康健，两岁多时的一场突发急性痢疾，差点让她从这个世界上消失。那年的夏秋交替时，我放弃了稳定的工作，刚出来创业，正漂泊在没有方向的孤独与困顿中。妻也正在建筑工地打小工。是母亲在工地找到妻，尔后又找到我的，当我和妻抱着她赶到医院时，她已是处于昏迷状态了。彼时的医院，医生尚无红包一说，且多是有仁人之心。只是医疗条件甚差劲，医术也未必多高明。由于对病情的诊断有异议，传染病房又人满为患，是经门诊医生和病区护士的几番争执，才得以入传染科救治。接下来的几天里是无休止的抽风，昏迷，抢救。终于在一天的深夜，束手无策的专家们（也是全城最好的医生）经过一个多小时的会诊，在那间简陋的医生会诊室里，用迟疑的手写下了一纸“病危通知书”，并特批了一支“杜冷丁”，用在她幼小生命最后的时光里，减轻一点她的苦痛。我是在门缝隙中窥见他们终于以不忍的仁心才做出的决定。幸运的是，奇迹在我们的绝望中出现了，奇异的生命之光和科学开了一个小小的玩笑。当清晨的第一缕阳光照进病房时，她突然从昏迷中醒了过来：妈妈我饿。说着就要吃床头柜子上放着的饼干。病房所有的人都惊呆了，接着是惊喜的欢呼和妻的喜极而泣。我虽非基督徒，但我想也是上帝对我的特别眷顾和恩惠，才使小女从死亡的边缘又回到了我们的生命中，来陪伴我们走此一生的旅程。

此后的几年，我多半是在担心和对上苍的祈祷中度过的。极小心、极小心地呵护着她的成长，怕那次病中几天的昏迷对她的大脑有所损伤，所以上学读书是极自由放任的。小学到高中她读得很顺利，考大学时，填报志愿却由于我的偏见与固执，再后来是命运的无奈，让她读了不喜欢的专业，且对于女孩子来说很辛苦的工科专业。此阴影也横亘在我们父女心中多年，深深的悔意至今难以消弭。所以女儿的大学读得磕磕绊绊。一直到读硕士期间，作为学校的交换生到法国留学，才似有好转。硕士读完后，她在提交了攻读博士学位的申请后，在某国有企业也找到一份不错的工作，并获得了留京的户口指标。由于在法留学成绩优异，很快法方的邀请函和教育部公派留法攻读博士学位的通知也相继收到。由于已和男友确立了关系，也准备结婚。是留京工作，还是赴法读书，又一次面临人生路途的选择，她显得很是艰难。

最后她选择去读书，不知是否有我在无形中的一些影响。“万般皆下品，唯有读书高”嘛。女儿至今还说是我的“迂腐”才令她钻进此象牙之塔的。其实，她的导师，是个五十多岁的学界女强人，曾给予她很多的鼓励和支持。放弃稳定的工作和温馨的家庭生活，选择一种理想去追求，在现实的语境中，我知道这个选择是极其艰难的。但选择过后的三年艰难时光中，她和我要承担的痛苦和煎熬却是我始料未及的。接下来的时光里，她交接工作，办理签证和各种官方的文书手续等，还是很忙了一阵子。尔后是匆匆举行的婚礼和短暂的蜜月。在临行前的几天里，她尽力显出高兴和若无其事的样子，但我还是能读出她心中的苦楚与不舍。但事已至此，我与她都已是没有了退路。工作已是辞掉，留京的户口也放弃了。

终于到了起程的日子，是中午一点多的航班，我和妻都到机场给她送行。时值北京奥运会刚结束不久，国庆节又刚过去，北京还沉浸在奥运盛典带来的荣耀感和浓浓的节日气氛中。首都机场更是到处飘着奥运会的各色彩旗，挂着的各式奥运招贴画还未及换下。就连候机楼服务小姐迷人的笑容里，也平添了几分国人少有的自豪和骄傲。但我们心中弥漫着的是离别的伤感，难以淡去。大家都无话，气氛是闷闷的。我和她新婚刚一个月的丈夫帮着给她收拾托运行李，她忙着办理一些出境的手续。我知道此次的离别，她又多了一份牵挂和十分的念想。办完杂事，已是快中饭时分，在机场快餐厅草草吃了些东西，就准备进关登机了。在海关的黄线前，我们止住了脚步，她紧紧和新婚的丈夫相拥了一下，又拥抱了她妈妈，她努力地笑着，并不说感伤的话，我看见了她和妻眼里的泪光。我背过了脸。机场的广播里又一次响起了登机的催促声，她迟疑了一下，终于转身决然地跨过了黄线，毅然向长长的甬道尽头走去。沉重的背包负在她单薄的肩头，步履虽艰但还是很坚定。在长长的通道中，她义无反顾，竟再也未回头……我默默地望着她柔弱的背影消失在甬道的尽头，心中不禁一阵酸楚，泪水也爬上了眼眶，深深的悔意和隐隐的担心也袭上心头。

女儿此番赴法读书，虽是政府公派和资助，但随着一系列文书协议的签订，颇感巨大压力在身。亲人和老师满是殷殷期望，还有学成归来报效祖国的责任。生长于“八〇后”的她，那薄弱的肩头能担得起这些吗？且去国万里举目无亲，于性格较内向的她，身心孤独之苦更是可以想见。国外读书的清苦，学业的重负，前景的不测，都要负在她一个弱女子的肩头。女儿，你能承担得了吗？父亲能与你分担吗？

由于奥运火炬在法国传递期间，所发生的诸多不愉快事件，中法关系降至了冰点，导致在她们学校所在地举办的中欧峰会也被取消。大使馆组织她们参加的欢迎仪式和国家领导人的接见也被取消。她说整个社会都弥散着一种对中国人冷漠的另类视感。连她所在的学校和工作的实验室空气也是“郁郁”的。对刚结束的“奥运”这一世界体育盛会，大家也少有提及。不知是一种偶然还是必然，租房子又受中介和房主的欺骗与刁难，在学校还引发一场小小的风波。还有后来钱包被偷，身份证及护照的丢失，导致诸多事情办理的受困，令她心情沮丧到了极点。电话中压抑的哽咽声，以至失声痛哭，更令我们心急如焚，又万般无奈……儿时病中奄奄一息的情景，和临行时柔弱的背影一起浮现在我的眼前。难道我们的选择是一个错误吗？我不禁又陷入深深的自责中。

一直到次年，随着中法关系的升温，笼罩在她和同事之间无形的阴霾才渐渐散去。正如她后来在留学随感中所说，语言沟通的困难，文化背景的差异，国际政治的风云变幻，都是导致留学生与所在国人际关系产生摩擦的因素。而足够真诚的沟通才是唯一解决的途径。

已是快三年了，我和妻是数着日子过来的。她正处于学业的最重负荷期，课题研究正处于关键时期，论文答辩也在紧张准备中，能否如期完成学业，能否找到理想的工作，都沉沉地压在她的心头，身心的疲累是可想而知的。但她已是很少抱怨了，她知道这些都是追求理想之代价。前些天的晚上，她打来电话说，过些日子要回国参加一个国际学术会议，因为她为会议提交的论文获得通过，并要在会议上宣读。我和妻为她而兴奋得久久不能入睡。临行时在北京机场离别的情景，她负着沉重的行李，渐行渐远单薄的背影，又浮现在我的眼前，妻的眼里又闪着泪光，我只有在心里默默地祝福她，希望她早日完成学业回到我们身边。

亲情、缘分和命运，或是佛所说前世修来，或是上帝予以每个人设计的人生轨迹，已无从改变。我们能做的，或是能为这条轨迹运行的过程中加一点缤纷的色彩。但我想，中国人的身体里流淌着的还是三纲五常的血液，所有的父母心大抵常常都是可怜的，也是徒然的，更是操不尽的。

二〇一一年八月

外婆家

老来怀旧，是人之本性，因青年人大体无可怀之旧。但勾起这个话题的原因是我也真正做起了外公，而且小小外孙已有了和我对话的能力，和“十万个为什么”之多的问题。每当和他幸福相嬉或烦恼相处之余，常常也会勾起我对外婆家那个小小山村温馨的回忆。

我们家住县城，外婆的家离县城有着近二十里，在儿时的记忆里是无限的遥远，沿着山根的崎岖小路，需艰难的跋涉。旧时的山村显得破旧、贫穷，但在清晨的鸡鸣牛哞声中是那么悠闲、温暖。村子依山傍水，村边流过的河是本县有名的濩泽河。那时的河，不仅有清澈的激流，还有静静的深潭。在村东头那突出的数丈高的山崖下面，是一片宽阔而幽静的水面，激湍的河流到此就像消失了源头，只剩下一大片黑黝黝的带有波纹的水面，深不可测。偶尔泛起的水花，隐隐可见急速游动的暗影，一定是传说中成精的大鱼，或谜一样的水中怪物。大人们说见者将有大灾难，也就是古书所讲“察深水鱼者不祥”之类谶语吧。古书也有一则燃犀角而照水妖令其覆火之掌故，但古人温峤也终是因燃犀除妖而祸及其身。恐也令后人遇即恐惧之，只好令其成千年之精怪，也成我族人遇神怪而敬之习俗。山崖上有条小路是去外婆家进村的必经之要道，每次走过，虽心里是怕怕的，但总禁不住好奇之心，要望一眼下面的深潭，看有无水怪出现。

河对面山上一片柏树林，记忆中永远是郁郁葱葱，哪怕是覆有白雪，也可见其傲然枝头之青黛。似一叶黛色屏障与村子隔河相守望。半山有一洞穴，柏树丛中隐约可见，神秘的洞口朝着村子，想象中是一个向下延伸的深深的洞穴。后来去探其究竟时，竟是浅浅的，延伸有两丈余，且有人工开凿的痕迹，令我很是失望。但在外婆的口中，故事和传说是那么神秘。传说躲避兵灾时有个人对神大不敬，竟在洞里拉屎，但当他提起裤子回头望时，发现洞壁的岩缝里伸出无数的冒着信子的蛇头。得大惊吓，跑回家后即重病一场，家人拿祭品到洞中跪拜祷告求得神的原谅，才得以痊愈。所以儿时每次望见那神秘的洞口，就油然而生一种对神灵的敬畏和恐惧。

外婆的原夫家姓柴，是村里大姓，县志记载是柴氏家族在本县的唯一聚居之地，一定有其悠久的历史源流。外公早亡，外婆后改嫁原姓人家，后又育有一女。继外公骨骼粗壮高大，力壮时制砖烧窑，与人说话声音洪亮，体衰时铡草喂牛，抚牛时则絮绵绵碎语。那个年代缺粮、断炊、饿饭是农村普遍的常态，他又干着极其繁重的力气活，故印象中继外公高大的身躯就是个铜褐色骨头架子，脸上也现着高高的颧骨。有人说他脾气不好，性情暴躁，但和善良的外婆一样，他从未对我们发过脾气。记得冬天在他家小住，蜷在土炕上，他宽大温暖的身旁，听他一边“吧嗒吧嗒”吸着旱烟，一边咳嗽着，迷迷糊糊进入甜甜的梦乡。外婆是个裹着小脚的女人，个子身材均小巧，脾性善良而温和。虽然我对她的记忆已模糊，但在那个饥馑的年代，外婆塞给的一块谷糠面和柿皮混杂做的甜饼子，或清晨从炉边的瓦罐子里捞出的一个温温的柿子，留给我温暖而幸福的记忆还是那么清晰和悠长，每独处思及常泪流满面。常想，如果他们能活过来，我愿千百倍地去报答他们，报答他们在苦难生活中给予我们的爱。有时也真想有九泉，真希望有来世。好去见一见逝去的至爱尊亲，好再做一次她们至爱的子孙。

岁月流逝如同过隙之光阴，不觉流年繁华渐去，老之将至。面对懵懵懂懂的小外孙，常自问，在这熙熙攘攘的人间薄凉时代，我的面目还会像我的外公一般宽厚慈祥吗？在这热闹而喧嚣的年头，我的性情会像外婆一样平静而温和吗？他长大以后会思念我们吗？也会泪流满面吗？

二〇一四年八月

我的爷爷

我没见过他，父亲也没有提起过他，见过他的人也绝少提及，可见他的卑微，或许还有着人们对他的隐讳。从他的儿子们给他立的碑记上看，他生于一八九六年，殁于一九三四年，终年三十八岁，正值壮年而殁，很是悲惨。

我脑中那块历史的银幕上时而有他的影子滑过，其实就是个祖父的概念，虚无缥缈，并无有清晰的影像。他没有留下人生的痕迹，似一缕瞬时的风。我的基因来源于他，血脉里淌着他的血，但对他却一无所知。随着岁月流逝，也失去了了解他的一切机会，只因我年少不更事。年岁日增，我渐渐老去，“爷爷”这俩字对已成为爷爷的我愈来愈感亲切，也越来越多了思念和探究他和家族历史的诱惑。清明时节上坟时也不免会多看两眼他的碑记和他与奶奶合葬的坟头，油然生出一种杂陈的感慨，默默在心里哀悼一番。

他是一个罪人，但从基督教义讲，我们每一个人何曾不是？只是个体意义不同而已。我无意为他争辩，但我不知道他是否罪该致死。早在小时候偶尔听大人口中议论过，他是被阎公治下的民国政府判死刑处死的。只说是因吸大烟，但仅抽鸦片罪不至死吧？大人们也是在不经意间闲谈说出，并不是有意给我专门诉说家史的。他们闲谈中还有一个细节我一直记忆清晰，说当缉警来抓他时，他揪下院子里晾衣绳子上搭着的衣服翻院墙逃跑了，据说衣服口袋里可能装有烟土。我住的老院子里常年拉有一根晒衣服的铁丝，我老怀疑就是当年他揪走衣服的那根绳子，并想象着他赤膊光膀翻墙逃走时矫健的身影。但他又是如何落网的呢？

他死因的来龙去脉本有机会还原部分，只因了生活的匆匆，还有我的羞涩与轻慢，失去了这一机会。记得是二十世纪九十年代中期，路遇一翁，忽站下和我拉了两句闲话：你爷爷死得亏了，本来能活下来的，我们暗中把县长都买通了，也给他传过话，在堂审时的口供为“我只吸不卖”，但县长问他三遍他都说“我光卖不吸”。县长亦无奈，只好判处决。我惊悚片刻，但看他似像实情相告并未有骗我之意。只是我为吃饭事累，亦因羞耻心重，并无积极响应他，失去了探究此一家族重大历史事件的机缘。但此事真伪，我至今尚存有疑惑。

路遇此翁，只是相识，并无交往。其人高马大，凶眉霸眼，时已八旬余，也尚无慈容善目，视人多以藐视或充满敌意，可能是其一生境遇所养成。其早年即为一方地主，行事多有霸道之传说。也曾听他说过解放后的监狱生活片段，多为炫耀其狱中称霸主之能事。从年龄推算，他小我爷爷十七八岁，爷爷判决之时他也就二十郎当岁，他和爷爷如系同伙，也应都是马仔之流吧？不知他们是何等关系，他在团伙中是何等地位，为何知其中隐情？如今他也过世二十多年了，往事飘零，如烟如尘，早已无痕无迹，现在想来，深感为一缺憾。

后来听说一事令我大有所惊，让我实不得轻看于此翁。传说政权交变初年，他依然做着毒品的勾当，民兵为抓他贩售毒品证据，与他同为村人的民兵队长竟不惜以其亲戚为诱饵，让其以购买毒品为名义和他一起去邻省贩带烟土，并派了民兵在返程途中设伏。此翁狡诈甚有警觉，遄遄忽心生预感，他即让那个队长亲戚在前蹚道，而随即被设伏的民兵捕获，他则藏匿了烟土，绕道而行，有幸躲过。这已是爷爷死后十多年的事了，闻听此事后，我始对他所说心生疑窦。

我在翻阅县志及有关文史资料时，特别留意本县此段时间的历史文字。但很少有那几年的历史记事，只有一九三六年十二月旧县府翻印省府的《禁毒宣传办法》中，其第一条记录：自民国二十六年（一九三七）起，凡制运售吸毒者概处死刑。并无有一九三四年颁布的有关法令条文。但爷爷其时已服刑三年。我常常心有所疑，贩毒团伙中，人多为阴谋狡诈之徒，爷爷是否被团伙中人出卖为他人替罪，也未可知。要不他当年难道是求死，而不求生？一句以自证轻重之罪的明白证言也说不准？或故意说不准？此梗于心中二十多载，未能消解。

他死后收殓是用两口大缸对扣着寄放在祖坟边的地埂后，草草覆着一层薄土，未及安葬。一直到三十多年过去，他那从军的大儿子在南方做官后衣锦还乡才安葬他入祖宗坟茔。

我在童年时从奶奶的口中听到过一句像是自言自语的絮叨，“你爷爷可爱小孩子了，他活着的话不知道对你们会有多喜欢”。只是可怜了奶奶，一直寡居了近四十年，在灾荒、离乱、朝代更迭、世事变迁的几十年里，养大了他的儿女们。不知道我现在对他的追念，是否来自儿时奶奶播下的那种莫名的憧憬。

他是有罪的，只是不知罪是否应该至死。但他是我家族的命脉延续链条中的一个环节，是我生命的源头，我的血脉中有他的因子。我依然对他有着人伦的爱，有着莫名的憧憬，想为他留下一点已经遗忘的追念。

二〇二〇年四月二十六日

粗缯大布裹生涯

我为这篇旧日往事的叙述写下这个题目很是随意的，不经意间的。与东坡先生的后一句诗无有关联。还记得初读这句诗时，总觉得不像大诗人东坡先生写的，与后一句也极不搭，原因就是觉得“粗缯大布”四个字俗气，不入眼。

一

一九六六年的秋天，我考入了乡下的一所末等初级中学。因家贫，开学都过去快一个月了，父亲才筹到钱送我去上学。学校离县城四十几里，清晨，末秋的天气凉意袭人，已能呵出哈气。朦朦胧胧的晨暮中，我和父亲在破旧的公共汽车上摇晃了两个钟点才到了那所蹲在芦苇河边上的中学——芦池中学。之所以说它蹲着，是因为它就在一大片开阔的河滩上，低低的围墙围着一大片矮而简陋的平房。可惜我只在这所中学堂待了不到一个月，红卫兵大串联运动就波及了这片僻壤之地。

说是僻壤之地也不全是，毕竟它是在公社所在地的镇上，而且紧挨着一条主要的省道，好像早期叫“陵晋线”，就是黄河边上著名的古渡口——风陵渡至当时还是晋城县的省级公路。所以从十月初开始就有“红卫兵”徒步大串联的队伍途经，或打尖，或住宿。学校的高年级学生迅速受之感染，蠢蠢欲动。眼看着运动已势成燎原，学校领导也无奈，索性放假。也是大势所趋，当时的名堂叫“放假闹革命”，与两年后的“复课闹革命”恰成一个轮回和呼应。只记得学校第一支串联队伍的出征还有学校领导和老师相送，人数有十来人，他们背着背包，打着红旗，成一队列在我们的目送下，向西而行。看着那在凄凉的秋风中愈走愈远显得寂寥的人影没入苍茫，全无一点雄壮或悲壮之感。

如今，半个世纪过去，我已步为垂垂老者之列，但对那近一个月的中学生活还依稀有影。记得在一个有着大通铺的宿舍里住着二三十个同学，有相对的两排砖砌的宽大土炕，上面铺着芦席片，寒秋之末，显得格外冰凉。父亲给打的一个粗糙的小木箱放在靠墙的床头，睡觉时紧抵着头。一床小薄被仅及裹身，稍有挪动便凉气飕飕。屋子中央砖砌的大炉子已是东倒西歪，时而也旺，时而奄奄一息。饭食是每天一斤粗粮，不知能有几两落腹，十三岁少年仅半饱不及，挨不到下顿。常在课间去一个挂钟的窗口看着嘀嗒的指针发会儿呆，打发空空如也的肚子。由于地处乡下，运动波及之后，隐约记得还有老师给上过数学课，内容全无印记。

学校的东北角围墙有一个角门，角门外的那条省级公路旁有一处两进院落，院落有两层小楼，似与普通民宅无异，住着一些老师，或是教导处办公室之类。我去过一次，那时的老师多有外地下放或分派来的，我听到他们操着外地口音在高谈阔论时下的运动形势。

光短时长，同学间记忆大多无迹可寻，只记得小学同班同学有两人与我同时考入。一个同为村人，和我一样是农家子弟，一个虽和我是邻里，但他是非农业户口，所以不属我们农户人家。邻里之人李姓，早年失怙，靠姐姐抚养，小学期间学习优异，还做过班长。不知为何进此末等中学。村人张姓，长我们两岁，因学业懵懂留两级所致，班里同学他称为“瞌睡虫”。上课时有鼾声作响必他无疑，常是老师粉笔头投向的主要靶向，偶也用教鞭指点一下他那一头乱发的脑门。考试不及格更是家常饭，能进中学读书，想是其叔父为地方掌有权力之人物所为。

学校放假后，我们即回到县城，运动正蓄其猛势而勃发汹涌。我们约了几个小学及中学同学，在一派秋风落叶之相的县政府大楼里，和工作人员一番死缠硬磨，要得了位于政府对面胡同里的一间小楼上堆放杂物的公房，做我们这个新成立的造反队伍的集结之地。楼下是供销社制作烟草的手工作坊，一个矮个子的工人每天一边咳着，一边刨着黄黄的烟丝，院子里常常飘着浓烈的烟草味。我们又在县府里理直气壮地拿来纸张和笔墨，抄一些传单上的小道消息，或写一些打倒某某的标语刷上大街。延续有两个多月，将近年关才散伙。

翌年春上，看开学无期，吃饭要紧，家里不可能让我们再胡闹下去。父亲和张姓同学家长商量着让我们去退学。我和张姓同学一起结伴同去退学。一条扁担，两只筐子，挑了我们两人的箱子和小小的铺盖卷，轮流挑着，沿了四十多里崎岖的山间公路回家，直饿得天昏地暗，天黑才到家。十四岁，还是懵懵懂懂的我，从此即与人生最美好的学校生活告别，全由上帝用命运的绳索牵着，向着没有方向的远方飘荡。

二

初春的天气，大地还没有泛起绿色，十四岁的我便开始了自己真正的搏生之旅。虽然运动正如火如荼，但对非职业革命者的农民来说，种地、吃饭为第一要紧。生产队给我派的第一份生活就是往地里用平车运粪土，人生开局的第一座大山毫不留情地向我压来。十个青壮劳力每人一部平车，我也是其中之一，年龄最小。每车装四百多斤粪土，加上车重有五百多斤，重量是身体的五六倍，把一个少年身体的承受极限任由拉长。两公里多的路途要涉过一条小河，翻上一个堤坝，还有一段漫漫的坡道。背绳背在肩上，一用力就勒在皮肉中，每一步都需竭尽吃奶之力，不进则退容不得有半步松懈。卸车时，别人扛起车杆即可，我身小力薄，则要用铁锹把粪土铲下来，每天都要落后别人一趟，每天都是收工最晚。虽只有一个多月的时间，但印象极为深刻。后有一位专事给生产队拉平车搞运输多年的前辈，和我说起拉车这行，他当时深恶痛绝，甚至切齿地说："吃的是猪狗食，出的是牛马力。"他在青壮时从事专业拉平车多年，送货路途远及省城，送危险品雷管、导火索更是远及京津唐一带，令我闻之心惊肉跳。他会修车补胎，常常帮我修车。他也有点文化，旧时家境尚好，有耕读遗风，受过初中教育，后做队里电工，不幸死于一次事故。命薄之人，聊记一笔。

初夏来临时，队里派一技术员带我及另两个小伙伴去给棉花苗喷洒农药，这项工作每年要持续四五个月之久。技术员就生产队一老农，柳姓，五十来岁，据说年轻时跟着戏班子在外浪荡多年。他干瘦而倔，我们都称柳伯。两个小伙伴则都是我的邻居伙伴，一个十六岁，一个十五岁，我则十四岁，都已辍学。每人担一副木头大粪桶，再领一个圆桶式的农药喷雾器。经柳伯简单示范喷药的程序，并告知要保护自己防止中毒，但又无任何防护装备和措施，心中忐忑，不知道该如何防护。柳伯则负责勾兑农药水，并分配我们每人每晌要打完两大桶配好的药水。两大桶药水可装满四桶喷雾器，每桶三十多斤，背在肩上在棉花行间穿行，把肩膀勒得生疼。也不知道怎么回事，我每天还是落后于别人，落后他们半小时之久，每晌他们都要在地头等我。我很是奇怪，又不得究竟。一直到前些年遇到当年打药的小伙伴，忆及当年打棉花药往事，才揭开谜底。原来他们每天开始喷洒不久就把喷雾器杆头的分水片取了下来，喷雾器就由雾状变成水柱状，既增大了流量，还避免了药水中的杂质对分水片的堵塞。我恍然大悟，随即懊恼，恼于自己竟如此愚笨，马上想到了莫泊桑《项链》里的人物，当时的心情可有一比，或我心中的懊恼就是她的缩小版吧。当棉花株长及膝及腰时，已至炎夏，背着三十多斤的药桶，要在闷热的棉花地里一趟一趟地穿行，笼罩在浓烈的农药气味中，裤子也常被刚喷过药水的棉花叶子弄湿，也极难受。有时候不小心，农药还要喷在身上、脸上，开始也有恐惧，后渐渐麻木。麻木中的快乐就是柳伯在田间休息时的半黄色话题，他往往拿熟人说事，甚至也有他自己的诸类趣事，农村的性启蒙或多来自此类色情娱乐的浸淫吧。听说他的老婆比他年轻许多，所以两个儿子尚小，他要拼命劳作维持一家生计。就在我们渐渐沉没在这麻木中的快乐时，柳伯出事了。一天上午，刚到半晌，他说自己可能中毒了，就躺倒在田间路上，难受得脸色都变了，时而蜷缩，时而呈平瘫状。但可怜他却为了一个上午的工分，非要睡在地上，一直坚持到十二点钟收工。他在家躺了好多时日才出来，我记得他出来时一脸的清寡与苍白，也不再和我们打农药了。农村人命运之卑贱的认知，或就此深深根植于我的心底。在残酷的现实对他们任意的蹂躏中，斯自生自灭，如尘埃，如蝼蚁一般，无一丝尊严。

不久，打农药的人员发生了变动，两个小伙伴被队里派出民工，相继离开。队长又给指派了两个“四清”运动工作队解散返乡的“借干”和我一起打农药，我则充当了柳伯的角色，负责给勾兑药水。当时由于“文化大革命”运动的蔓延，社会已进入无政府状态，前两年就开展的“四清”运动则已是前朝旧事，由“借干”组成的四清工作队也就树倒猢狲散了，他们又极不情愿地回到了他们的借出之地。他们俩都是二十多岁或三十岁，读过初中或高中，在农村都属于有文化有政治觉悟的一类人，所以当“四清”运动兴起时被抽调去搞运动，即成为所谓的借调干部，那时简称“借干”。两个“借干”都是我的街坊邻里，两人都姓许，是一大家族的，书生性格都很温和，干活都和我商量着，我们也算其乐融融。

时序已是初秋，没有了燥热，天气渐爽。一日下午，我们在走马岭山坡上的棉花田里打农药，田间休息时便可居高临下俯瞰城里。遥望间忽一片嘈杂声传来，县城的最高建筑物，县政府的楼顶人影憧憧，遥遥可见得房顶的人在把瓦片扒了堆集在一起抵作武器，向下猛砸，以抵抗下面一派的进攻，起伏的喧嚣声好不热闹。两个“借干”由于退出了运动组织序列，也非是激烈好斗之人，和我只能隔岸观火空发一番议论。几年后，两个人都通过上访落实政策又回归了干部队伍，一个后来还混到了县里某局长的位子，一个去学校当了老师，可惜两人都早早离世，令人叹息。

城里的情势已是极度混乱，不时有令人恐惧的枪声传出，村里已有部分热血者自然投入了各自认可的阵营。运动席卷了每一个角落，一切的生产经营陷入半停顿状态，只有老实巴交的农民，还要靠在土地上的辛苦劳作维持着艰难的生计，并经受着混乱、惊恐和不安。也是这个最底层在那个崩溃的年头，托着社会的底，没有使它向深渊更深处滑落。这一年的秋冬之期就是在这种混乱、亢奋、惊恐中度过，也伴着农村固有的饥饿、落后和贫穷。

三

第二年春上，刚忙完春耕，大队要每个生产队派一个人组建林业队，生产队里就派了我，我们组成一个八个人的林业队。有一个林业技术员任队长，此人张姓，三十多岁，是个农村人惯常看不上眼的懒散之人，但头脑比较活络，口才也好。别人说他不下力，就是懒惰之意，但他总说是身体不好，而且有个原因，前两年生产大队在垫滩地的工程中炸土放炮，砸伤一个人，抢救中需要输血。他是血型配对选中的两个人之一。他说，说好的抽二百毫升，实际瞒着他抽了四百毫升。完了就给了二斤红糖回去将息了两天，营养不良亏欠了身体，落下了毛病。后来为了照顾他，才让他去学了个林业技术，充当林业技术员，但也无林可管，三天打鱼两天晒网，多数还是在生产队劳作。这次是上面重视栽桑养蚕，组织林业队，他才又派上了用场。他终归懒散，不到一年即被撤下，不能否认他在技术上还是把好手。

这一年对林业的重视，有个小小的背景。县里有个刚从基层提上去的革委会副书记，本地人，颇有实干劲头，钟情于栽桑养蚕。他在基层做公社书记时因看好那一地方栽桑养蚕的传统和资源，就大力推广之，并颇有成绩和好评。当革委会书记后，他更是在全县倾力推广，号召在全县的农田地埂广植桑树。由此发展养蚕业，并建制丝厂，累积下了本县养蚕、制丝的基业。延至今日尚能有脉脉相传，广荫后人，是此公功德矣。他后曾获名“蚕桑书记”之誉，并曾在本省三地任县委书记。虽都曾积极推广蚕桑生产，但都不及在本地得天时地利人和之便利，成就斐然。在异地他乡，他也曾呕尽心血，却终因人文水土皆不服，并饱受派系攻讦，致郁积于中，英年早逝，实令人唏嘘。在他的故里后来他儿子主持给他兴建了陵园庙祠，但因此沸沸扬扬引来一场风波，已是后话。

在林业队两年多时间里，是推广蚕桑的鼎盛之时，我学会了桑树的育苗、栽培、嫁接、修剪成形技术和养蚕的过程工艺，学得了人生第一门吃饭的技艺。至今，每当我在路边地头看到零落失修的老桑，总有一丝怜怀之情愫，总会念起那段初入社会的岁月。蚕桑业这个古老行业的凋零，是人类自然史进步的一种选择。据说，早年在日本也曾有过一段辉煌，但仍免不掉被工业文明边缘化的宿命。当我前些年看到朋友的制丝厂还用着二十世纪七十年代的制丝机器时，又一次深刻感受到了它被工业文明边缘化后衰落的命运，但被植入在个人生命记忆中的情感，以及对那个年代在家乡推动这项事业的那个人的感念，却是不能忘记的。

四

渐渐在那动荡而饥饿的岁月中长大，我还兼职了两年所属生产队的民兵排长，盼望着第三次世界大战的爆发，或建功立业，或战死沙场，实则渴望着改变饥饿而卑贱的命运。

此时，阶级斗争依然是社会的主旋律。我们常持着日式的“三八大盖”枪，弹仓里压着硕大的子弹，在荒山野岭巡逻着，以防阶级敌人的破坏；也曾挎着退役的美式卡宾冲锋枪夜半三更突击检查户口，这些都是我们视为义不容辞的神圣使命。至今想起来我从没有感到半点那时手枪皮带的威风之快感，只有那些现着惊恐不安的眼神和丑陋不堪的羞辱之画面留给我的难过和感伤。

逢年节，这些“四类”或“五类”分子都要集中起来由民兵看管，曰：办学习班。在各个生产队的队部里都住着一二十个，由大队的民兵营统一领导管制，各个生产队民兵排具体看守。“地富反坏右”的各色人等都有，后又加“阶级异己分子”，至今不解其罪名。他们多为老弱之人，失缚鸡之力，铺谷草席地而卧，多一副唯唯诺诺苟且之相，内心或如焚油之煎，或如坑灰之冷。

在我看守的学习班中，其中有两人我印象甚深，犹不能忘。一个是我的邻居，一个子矮小但颇有精干相的老头。“文化大革命”前，他是生产大队乃至全县都极有名气的人物，掌管着生产大队的副业，也就是握着大队的经济命脉，曾叱咤风云红极一时。由于资格老，势力强，弄得大队的书记心中“人生长恨水长东”。本县著名建筑，建于二十世纪四十年代中的“太岳军区八年抗战烈士纪念塔”上刻着他名字，他名列修建委员会的领工人之一，据说也是互助组合作社早期建社的风云人物。但终遭人嫉，在“清理队伍”运动中被戴了顶“国民党特务”的帽子，家败人散。大儿子当年在部队已任连职，即被革职，发回原籍。二儿子在县中读书，面目英俊，多有才华，即被抛进社会底层，庸碌了一生，中年遭遇车祸身亡。时也，命也，时代的洪流中个体生命如苇草一叶，随波而逝。他大我两岁，哀极其不幸。

另一个为一壮年鲁汉，身体敦实如钢铁铸就一般，肤色呈红褐色，有着铜像般的脸。他也曾是大队的平车队长，走南闯北，是个很有担当的侠义之人，因参加派性争斗失败而被押。他有一情人亦是我族系本家中人，他不顾及自己的家室，也无视声名之狼藉，甘愿为情人做帮套角色。且是长年厮守她家，明着一妇二夫，虽不合人伦，或也可谓真爱所致，获妇家大小所容。

记得那年的大年除夕，我在学习班值守，时近中午，他的情人来送守岁饭，一锅香味袭人的守岁饸饹是依着家乡老的风俗。带来的换洗衣服叠得整整齐齐，干净、整洁，带有着一种母性的慈光。还有一双手工制成的崭新布鞋，散有格外的柔情，分外耀眼。他们含情脉脉注视良久，吩咐的话儿说了许多。那一天改变了我对他们私情的粗鄙看法，那一幕化为了我对爱情的另类认知。多年后，这个男人去世后仅有半年，女人也随风飘去，他们是去了另一个世界相恋相依，至今乡中人说起并无恶意于他们。双方的儿女们也相处和气，对他们的父母也未见有鄙薄言语。人间情感事最是复杂，怎样把感情局囿于道德的圈子，恐是神仙也为难事。

五

一九六九年时，经珍宝岛一役，战争形势骤然紧张。民兵的训练、阅兵，紧急状态集结模拟已是常态。记得参加了全县民兵由县武装部组织的一次战备拉练，三千多人，学着部队的样子，背着被子，绑着裹腿带，抬着重机枪、迫击炮，炊事班还背着铁皮做的大锅，浩浩荡荡，嘻嘻哈哈在乡下转悠了几天，示威于苏修。到了冬天，"深挖洞，广积粮"开始，到处都在挖地洞。我参加挖的这一条洞，从村边一座绵延向中条山脉的山根开挖，分为三班，三个人一班，昼夜掘进。可能前一班是个领头的，我们则要每天到班先用镐把量一下上班掘进的长度，并做了记号才开挖，挖到上一班的长度才能收工。但不知道那一米多宽的地道派何用场，更不知道要挖向何方，就是一直向前向前，整整挖了一个冬天，直到旧历年关，开春后就不知所云了。属荒唐年代的荒唐事，只是把社员们的工分值摊得更薄了。

生活的艰辛依然背负，似越来越重。饥饿状有增无减。由于紧邻着豫省，豫省为中原产粮大省，豫省人又较本省人开放活套，有着黑市售粮，本县人在青黄不接之际，常结伴去豫省走私担粮。要翻过太行山余脉的山间小道，来回通常要走三天。还要躲过民兵稽查哨卡。父亲也随人结伴而去，默默而往，默默而还。他虽不是要强之人，但也为饥饿所迫，也担着本地生产的铁锅去换过几次粮。而一些年轻人后来则是更灵光了，或去扒运煤的火车，或找熟人搭往豫省运煤的汽车，也有乘客运火车去的。我就和曾在一起打农药的小伙伴乘火车去过一趟，是做了一次那时称为“投机倒把”的生意，完成了一次商品的贩运交易。本县是个瓷乡，有着传统的陶瓷工业，所以我们就带了几十个本地产的形状似小猫咪样子的酒壶去换粮，提了两大提包。猫咪酒壶质地虽粗糙，但样子却是一副可掬之憨态，颇为可爱。到郑州火车站下车后，陷进二律背反的矛盾思维，找了个较偏僻的角落，摆出示人。是既想大声招揽顾客，又怕招来工商、警察。等观者渐有流连之状时，嘈杂声终于引来工商人员，吓唬一通后，拿了几个猫咪离去。经了这一番恫吓，我们为尽快脱手，就把价格降了下来，马上即被抢购一空。捏着这林林总总的钱，到郊区的黑市，每人买了三十斤大米，如惊弓之鸟一般，踏上了返程的火车。途中虽也有列车员的目光在提包上扫来扫去，终究没有太多为难，在一路的担忧中到家。再去乡下把“大米”这奢侈之物换成玉米，好多撑些时日。这是我唯一一次去豫省买粮的经历，那年十七岁，饥饿把我的胆子逼大了许多。

六

父亲终究是个懦弱之人。尽管说他当了五年的兵，参加了解放战争，也就是第二次国内革命战争的全过程。但他终是没有改变自己的命途，一直是个农民。他对自己的人生是无抗争性的放任自流，所以对儿女们的人生也是极端放任的，也就是无能为力而任其自由的。也就是让我们步着他的后尘，面朝黄土，背天负暄，随遇而安。每想到父亲，就有一种复杂的心绪，且生有深深的悲哀与自责。早年我也常常把家庭生活的困顿和贫穷都归于他，是他的懦弱和无能，使我们饿肚子，使我们读不了书，使我们饥寒交迫，其实这于他是不公的。有多少年，我们的情绪是对立的，直到他死后，直到我在生活的深渊里上下浮沉，跌宕起伏。以至于我看到成千上万像他一样命运悲苦之人，我才认真回味了他喑哑无光的一生，慢慢解开了心中的纠结，和天国的父亲有了精神上的和解。

由于父亲的无为而放任，我不得不思考自己的人生出路，试图寻找生命的突围。

一九七〇年的十月间，天气已开始结冰，寒意料峭，早晨的麦田里蒙着一层白霜。生产队开始了小麦的越冬施肥，我和大人们一样，每天挑着两只大粪桶给冬小麦灌粪。常常干到精疲力竭，连思想的力气都没有了。一天早上，在担粪途中，生产队的会计悄悄告诉我，大队刚买回一台“东方红”牌的履带拖拉机，昨天晚上开队委会，让推荐拖拉机手，有个大队干部是我邻居，分管此事，看我家庭困难，就推荐我去。但我们生产队的队长不同意，说要培养我当生产队长，接他的班。我一听很是生气，但又没有办法，心情沮丧极了。而且我也意识到，在一点星光都看不到的人生前行路上，这是改变命运的一个契机。我当即就去找了那个推荐我的人，他是大队的第三把手，继那个“国民党特务”案后，接管了大队的副业生产队，又建起多个小企业。他怜我家贫，也照顾父亲在他手下干活。我硬着头皮去求他，说我想去当拖拉机手，他也说要给我想想办法。这在我心中悬起了一点希望。一个月后，我终于如愿以偿，做了拖拉机手，和前期去的另一个机手，一起跟着农机站派来的师傅学习开拖拉机。师傅姓常，是个退役的坦克兵，和气老实，教了一个月就走了，我正式成了一名拖拉机手。在艰难的人生路途中，这是一次命运轨迹的重新设定，也是生活认知的根本改变，我在心中默默地骄傲了好长时间。

在我人生道路改辙的这一个起点，生命的搏击或就是从这个切点开始的，从此一生与车辆机械为伍再未分开。命运也好，宿命也罢，成败荣辱皆系于此一行当。我常常想起那位老人，那个帮我改变命运的老人。他是一九九三年秋骤然离世的，只有六十多岁，还未来得及颐养天年。他思维敏捷，性子也急，有着观察宏观事物的眼光，也有管理微观事物的手段，硬是从小作坊起家，建成一个机械修造厂，生产制砖机械，长达二十多年中行销于全国各地。在当时为集体经济创造了不菲的经济效益，成为整个生产大队的经济支柱，是个可敬佩之人。他虽已归去多年，至今在村子里还是有很高的声望，很多人都追念其好。

七

做拖拉机手后，我在人群中的地位和尊严感提高了不少。那时，全县的汽车也就几辆，拖拉机全县大大小小也就十来台。更由于愚昧的时代，人们对机器认识的神秘，自然就对掌握这些机器的人，有一种莫名的崇敬感。特别是我开的又是一台像坦克一样的庞然大物。那是在新中国成立之初的一九五五年在河南洛阳由苏联援建的全国第一个拖拉机厂生产的，完全是照搬苏联早期技术和模样，只是换了个牌子，叫“东方红”拖拉机。在秋耕时节，全县的拖拉机都要统一调派到乡下去耕地，我们每到一个村子，都是一群围观的人，看传说中的“铁牛”牵引着一排磨得明晃晃的五铧犁，翻卷着一排排泥土的波浪，发出一片啧啧的赞叹声。我们也享受着尊贵的待遇，乡下人专门为我们起火支炉灶，甚至是用红泥砌着大蛤蟆火，红红腾腾的，熊熊燃烧着。一大帮人张罗着，做着乡下最好的饭，用俗话说：不是炸麻腾（油条），就是烙火烧（烙馍）。而且是去了两三个拖拉机手，就有生产队一大帮人陪着吃饭，或在牛棚草屋，或在田间地头。总之是生产队里大大小小的头头脑脑，相干或不相干的，趁着机会能大吃几天不花钱的上等饭，而且很多人是晚上来吃，可能白天怕社员们议论吧。想来，那饥馑的年头大家趁着机会，假以为名混两天饱饭，能省家中口粮，实是无伤大雅。此等遗风在已能足食的今日不也盛而不衰吗？

八

我们的村子在太行、太岳、中条三山接壤的山围之中，县城处北，在突起的山丘上，城建历史并不太长。一条长年流淌的濩泽河，大部时间是波缓浪平，沿着太行山余脉的山根哗啦啦地从西向东，流淌着人类繁衍的历史，也流淌着这个小县城市井百态的变迁。我们村子在城外南向，以种大片的菜地为生。再向南就是濩泽河水日久冲出的大片河滩，布着一滩厚的沙砾和卵石。在二十世纪七十年代兴起的“农业学大寨”运动中，本地则掀起了一场大规模的围河造田运动，名曰：向河滩要粮。硬是要把环县城十多里长的濩泽河道，从一两百米挤到三十米宽。公社组织了上千人的民兵队伍，以军事化的编制浩浩荡荡沿河驻扎，红旗猎猎，人欢马叫。新中国成立初期，我们从未走出战争的阴影，整个的基层行政一直处在半军事化的氛围中。所有的工程项目，哪怕是村一级的，都要以一种准军事化的编制和管理运行。更何况七十年代正处于和苏联紧张的军事对峙中。这种半军事化的管理，增强了管理的强制性，给管理者和被管理者披上了一层神圣的外衣，荣誉感、威严感、服从感大大增加。代价就是给他们每天增加了几两口粮，赖以支撑其在无限度的工程劳动中巨大体能的消耗。一种现实的荒谬，或一种荒谬的现实，就是那个时代社会生活寻常的场景。

我参与了澧泽河大坝的修筑工程。驾驶着那辆力大无比的“东方红-75”履带拖拉机，拖着笨重的自制大拖斗，从采石场运石头至沿河的筑坝工地。每天在简易的沙土路上奔驰。所过之处，笨重的履带卷起沙土飞扬，驾驶楼也不封闭，每天鼻子和口腔里都是厚厚的尘土，不知道要吃进肚子多少。那时的拖拉机还没有装消声器，机器的轰鸣声也是震耳欲聋，响彻整个工地。拖拉机手已增加到四人，此时我已是名副其实的师傅了，于是，配了一名助手，两人一班，每班十二小时，昼夜不停地干活。因为运输机械很少，除了我们和农机站两台小型的轮式机车外，工地全靠着人力车拉运，所以我们就显得格外重要。人也是以稀为贵，到每个连队都会给予生活上的特殊照顾。也因此结识了不少朋友，这也为我步入复杂的社会提供了一定人脉基础。

九

工程竣工是以位于县城东门外的溇泽河东大桥竣工通车为标志。这也是溇泽河上的第一座桥。石拱双曲单孔，高高横跨于新建的大河坝上，跨度有三十米。据有关资料记载，此处的河道原来断面为一百五十多米，通过修建大坝缩窄为二十五米。其余河道则被厚厚的土坝堆成了与大桥连接的高有五六米，长一百二十多米的公路路基。其阵势相当于在县城东门外一百多米宽的河道上修筑了一条拦河大坝，留了个不足三十米宽的闸洞而已。

这项工程，环了县城，也围着我们村子蜿蜒足有十多里长。说坚固可御百年一遇之洪水，故也称之为“百年大计”之业，轰轰烈烈修建有两年之久。从今天大坝隐约保留的一点痕迹看，它就像一段低矮的石头砌的修房子的基墙，但在当时那可是浩大的一项工程。坝基厚三米，深入河床三米有余，地面高度也是三米，坝顶宽一米多。它带来的危险是谁也没有预料到的。

一九七三年的夏天，也就是大坝建成一年以后，上天的惩罚不期而至，带给我们一场几乎灭顶的灾难。

那天是七月七日。早上县城范围并没有下雨，但大队广播已是传出了要全体社员到麦场抢收小麦的动员令。特别是年轻人，受队长的召唤或催促，也是他们一种平民责任心的驱使，放下饭碗匆匆奔赴。原来是溇泽河上游已降暴雨，滔天洪水已到达县城，两岸齐平的波峰正在漫过大坝，已经倒灌于整个县城城南的区域。听说上游距县城二十多公里的一个水库大坝即将决口。很多人家都在开始拿着值钱的东西向城内高处转移。

由于溇泽河东关大桥桥孔处只有三十米的泄洪宽度，浊浪滔天，洪水在沿着村子中的南小河回溯，已淹及整个村子和大片园田。洪水很快就以我们村为中心形成了堰塞湖，新建的溇泽河大坝已有整体溃崩之危。水位还在不断上涨，在南小河下游溇泽河的入口处两个生产队的麦场上，大家仍然在紧张抢运场上的小麦。等水位上升及腰时，有一个生产队宣布了撤离。在观望中，另一个生产队的二十多个人从齐腰深的水中爬上了两个麦秸堆成的大垛子上。

此时上游距县城十四公里处，库容量为二百万立方米的辽河水库，在其支流上两个库容量一百万立方米的小型水库溃坝的冲击下随即溃崩。

据资料记载，辽河水库距县城十四公里，坝长一百二十八米，坝高十七点零八米，库容量为二百零三万立方米。在它的上游十二公里处，还有库容量为两千多万立方米的中型水库。辽河水库是在当天早上七时，一百多米长的坝顶开始全面漫坝，十分钟后大坝下切一米，又几分钟后决口，并迅速全面溃坝。大坝溃决六十米宽，溃决时间仅二十分钟，二百多万立方米的蓄水，在一小时内一泄而空。洪水犹如乍惊的马群奔腾，摧枯拉朽向着下游的县城奔去。半小时即到达县城。由于东大桥的堰塞，至壅塞水位瞬间迅速上涨，其最深处已达六米。我们生产队里爬上麦秸堆的十多个人，随着已漂起的麦秸垛子迅速向村中漂移回流，有的人还在欢呼，但灾难将马上降临。等回流的麦秸垛快靠近村中房屋时，一些身手矫健又会游泳的人或向靠近的房子上跳，或向着就近的房子挣扎游去。就在其余的人在恐惧中观望时，东关大桥的公路坝基在洪水的浸泡和冲击下，突然连着大桥一起溃决。在瞬时巨大的虹吸作用下，堰塞着的千万方洪水、漂着的杂物和来不及转移的财产，还有那两个载着人的麦秸垛，以迅雷之势，在波峰浪谷中一泄而去，这一刻定格在了一九七三年七月七日上午八点。连着还有被卷走的七个人的生命。

当时在麦秸垛上被卷进洪流的是九个人，有两个人在溇泽河流经县城的下游段，靠近溇泽河的豁口——石门口附近最后的和缓之处——这也是他们逃生的最后机会，由于水流受豁口泄流的影响，水流柔缓，麦秸垛靠近岸边水中的一株小树时，两人冒险纵身一跃，紧紧扒在树上，并用皮带把自己捆在树上，随后被抢险人员救出，其余的七人则落入了石门口外更大的断崖浪谷。几天后才在下游的滩涂上陆陆续续找回了肿胀、腐烂、面目全非、惨不能视的尸体。

整个村子在灾后的污泥浊水中笼罩着悲怆的气氛，夜间也时有凄惨的哭声传出。在那个年代，个人的悲怆是极渺小的和极短暂的，是不可能放任而真实表达的，多是以化悲痛为力量，空泛的抚慰性、转移性表达。随后就是公社给开的追悼会，自然也是极隆重的，死者都冠以“重于泰山”之名义。一排翻版放大的遗像赫然挂着，人还没下葬就有了历史的沉重感。唯一的女性，叫小菊，或刚满二十岁，如花的年龄，如花的名字，如花的容颜，是随了未婚夫一起赴之东流去的。未婚夫叫王新昌，是一个医生的儿子，我们的街坊之邻，儿时之伙伴，实是哀哉，痛哉！痛哉之余，想他们也算死得其所，双方父母为他们办了冥婚，葬在了一起。我想他们的爱情可能也永远停留在那最美好的一刻，或也免去了人世间婚姻的磕磕绊绊和恩恩怨怨。听说他九十岁的老母亲还健在，在附近的寺院中诵经，不知是否还在为她的儿子超度亡魂。

追悼会上，公社或大队的干部也曾把“烈士”的桂冠戴在了每一个死者的头上。据说除了当年补助了几十个工分外，连抚恤金也没有。如今大坝及重于泰山之名义已无痕迹，连生产大队也改成了村委会。他们和他们的事迹已成为遥远的往事。我听说他们的亲人上访了几次，要求授予其“烈士”或“见义勇为”称号，或补偿部分抚恤金，终无果。也只有在忌日烧两张纸钱，洒一掬清泪，寄托一点哀思了。如今环保抓得紧，纸钱也不让烧了，不知道可还有人会给他们寄上一缕哀思，特别是我那少年的朋友，和他的恋人。

在下游的另一个村子，为抢救大坝，在这次洪水中也被卷走了七个人。我很惊奇，这次大灾难与“七”字很有缘结，日期是一九七三年的七月七日，溃坝时间是早上七点，我们村子死了七人，下游的村子也死了七人。神奇的灾祸之日，也许是上天有意安排。总之我和朋友议起时，也觉它有一种神秘。历史的沉重，或在不经意间瞬倏而过，旧的痛或又被新的痛替代，但终归是那次大洪水留给了我们极痛的一页。我只能用记忆写下一笔纪念他们，虽然记忆也只是一点淡淡的痕迹。

十

一九七一年底，我们大队又增加了一台十马力的小型轮式拖拉机，产于当时我们晋东南地区行署所在地——长治。是县农机公司委派我去行署农机公司接的车。那台小小的拖拉机，形象地说犹如一粒小小的红色豆豆虫。近二百公里回程途中，就连续出了两次事故，让我第一次经历了猝不及防的人生惊险。那年十二月三十一日上午才提到车，检查整理，准备加油，就已过中午。十八岁的我初次单独长途行车，根本没有经验。油箱所装油量根本不足，沿途又没有油站，又没有带备用油桶。对机车性能不尽了解，而机车质量又极低劣。下午两点钟才启动返程，路途行程要将近十个小时，寒冬腊月天寒地冻，夜间行车危险性极大。快到高平时就天色将晚，一辆长长的解放牌挂车呼啸而过，由于对方超车离得太近，或是卷起的风，或是被跳跃的挂车擦了一下，我那一粒如豆般小小的“铁牛”就摔到了路基下一米多深的农田里。所幸人机均无大碍。肇事车辆早无踪影，惊慌稍稍平定，我才在田里劳作的农人帮助下，把那台如豆般的小机车推上路基。他们有三五个人，是在田里劳作的生产队社员，我并没有呼唤他们，他们只是看见发生了事故，过来围观。他们用他们的善良、智慧和力量，给予绝望无助中的我莫大的帮助，我并无一丁半点的报酬付给他们。由于生性内向羞涩，又是初次出门独立承担，十几岁的我甚至连句感谢的话也是弱弱地嗫嚅着说出的。生命中有欠恩的话，此生还欠他们一个至诚的感谢。

第二次事故是在又行驶了两个小时后，晚七八点钟吧，天已完全黑下来了。行至晋城的北石店一个叫朝天宫的地方，翻过山即是晋矿的王台矿区，但于我是一片懵懂和陌生。月光洒在寂静而荒无车迹的公路上寒冷如冰，“轰隆隆……”的机器声突然渐渐弱了下来，以至熄火停了下来。好半天我也没有查到故障原因。举目四望，杳无人迹。已是晚上八九点钟，月光下一片苍凉天地，我已是饥寒所迫之状，在荒山野岭上又冷，又饿，又怕。向四周环望一圈，发现在不远处公路沿下有一条隐隐可见的荒径，荒径远处，有一点惨淡隐显的灯光。我只好拖着疲惫的身体向朦胧的灯影走去。走近一看，是一处灌木枝条篱笆围成的牲口圈，堆着过冬的秸秆饲料，房子是颓圮的土墙和残破的屋顶，里边圈着几头牲畜，还聚着五六个聊天的村人。我向他们诉说了我的遭遇，并央求他们帮我把拖拉机推到院子里寄存一晚。他们起初有点迟疑，但简单商量了一下，决定帮助我。他们五六个人和我到了公路上，帮我掉转车头，推下公路，沿着荒草中的小路，向二三百米外的牛圈推去。到牛圈放置好后，我向他们道了谢，又问清楚到王台矿区的路，我才告别他们，向我从未去过的，几公里外的矿区走去。从牛圈出来时，我回头望了望，在牛圈后不远处是黑影憧憧的村庄。我定了定神，在冷冷的月光下，沿着上行的公路，踩着自己的影子，向着暗影中的朝天宫山头走去。那是一九七一年的最后几个小时，我的十八岁末尾时光。

当我沿着回转的公路到达朝天宫山顶，看到山下矿区灯火通明一片时，我心里长长地舒了一口气。矿区有我的一个表姐和姐夫，但偌大的矿区，几千工人，连同家属有上万之众，又将及夜半时分，如何去找，我心中茫然。还好有好心的矿工指点，数经周折，夜半时分终于在家属区找到了表姐家。

第二天表姐和表姐夫通过熟人，找到矿上开推土机的师傅，开着轰隆隆的推土机，到那个小村庄的牛圈里，把我那一粒红豆般的小拖拉机拖回了矿上。

永远忘不了过去将近五十年的那个冬夜，那个寒月如水的冬夜，那个温暖的牛圈，那一群善良的人，擦肩而过的陌生人。我根本不知道他们叫什么，也从未问过他们，但在我生命中那个无助而寒冷的冬夜，他们在我生命的链节上和我挽在了一起，使我在那个冬夜的牛棚里感到了人间的温暖，他们是我陌生的人生路上的一簇人性之光，那一簇人性的光一直照着我的灵魂。我此刻在心里默默地为他们祝福。不管他们是在天国还是在人间。

拖拉机拖到矿区的机车场那天是一九七二年的元旦，矿区张灯结彩一派节日的气氛。说第二天师傅们上班给拖拉机检查和修理。我也第一次在那么热闹的他乡过了一个新年。可能也预示着我拉开了走南闯北的人生大幕。那是我十九岁生命的开端。

第二天，矿区机车场的两个老师傅给我检查了拖拉机，是柴油机的油泵出了一个小故障，是个今天看极简单的毛病，但在当时是个“柴油机三不动”的技术禁区。他们很快就修好了，并给我加满了油，又告诉我需注意的事项。我和表姐夫除说了一堆感谢的话，还是没有给他们任何的报酬。今天想起来简直是不可思议。我不知道今天的人性是如何变得冷漠的，我只是想起了民国先贤梁济先生的哀叹“这个世界会好吗?”

十一

车提回来后，这台拖拉机就分配由我驾驶，大队还专门招收了两名女拖拉机手，并让其中一个做了我的助手，也就是徒弟。当时县里还没有女拖拉机手，我们大队也算开风气之先河。其实女性是根本不适合干这个工作，或当初就是为了开风气之先河。于我却是一个很大的难题，好在很多工作我一人基本能干了。她也就在车上坐坐，收车后做做擦车加油之类的杂事。但就算是在机车上坐着，拖拉机的噪声和那种颠簸也够她难受了。我们在一个车上断断续续有两年的时光，可是终未像人们期待的那样，有一番爱情发生，并修成正果。或者是贫穷和爱情不能共生。她小我一岁，是小学低一年的同学，模样和性情也很灵气。我则家贫，且性情极其内向、自卑、胆怯，不仅情愫迟暮，排斥异性，又在寻找人生奋斗突围的方向，自然也冷落了爱情。她的家境也不好，她又排行老大，弟妹们又多，是她父亲一个人在苦撑整个家。所幸她很懂事并很现实，一年多后找了个煤矿工人嫁了，好为她的父亲，一个出色的电焊工，也是我所尊敬的一位老人，分担些忧愁和艰难，她的选择是对的。所以，尽管也有人插科打诨于我们，我们或许也都有过一念之动情，但权衡一番之后，终还是止于了现实的贫困或贫困的现实，一直恪守着师傅和徒弟的界线没有跨越。不知道是可喜，还是可悲。

婚后她男人在矿，她在家，相距有百多里，由于她的性情使然，总有一些小道传言流布，但我由于生活匆匆，已不大去理会了。后来男人把她弄到了矿上，传言就渐少了，以至匿迹。三十年多里，她大体是躲着我的，偶有遇上也只是尴尬地点点头而已。直到十年前的某一天，我们都是行将花甲之年，人生和家庭都已是稳固期或安乐期，她突然到公司的办公室找我，为一点她弟弟的事求助。我听完后表示爱莫能助，她大失所望并神情大变，突然抽泣，继而大哭，引来公司员工的侧目，我不知何故，也不知所措，弄得有些许狼狈。我劝导和安慰了几句，她才停了下来，她说心里难受，我不知道如何劝导。她的老公已退休，儿女们也都有稳定的工作，她进来时就已是给我虚张了一番声势，我也理解她的一番心思，不免也萌动了一丝恻隐。相遇了两次也曾酒饭，尽尽当年的师徒之谊，叙叙别后之情形，再见就有嚼蜡之感了。

十二

等我步入二十岁的青春期，爱情友情也都在那个贫穷而艰难的年代里慢慢生长出来，看来它们都是生命的必由之途。相对于爱情的羞涩和隐秘，友情则来得义气和热烈。我们大队，紧挨着县城，或就是县城的附庸，是县城的城郊，扼守于古县城南门外。生产大队又分为八个生产小队，耕种着大片菜园地。据说历来一直很富有，历史贫富之功过，从百姓口中流过时，平和得只有一声当年如何如何的叹息了。在那个贫穷的年代，友情多被赋予一种可期共患难的意义，特别是在贫困的群体中。我是大队的拖拉机手，自然在大队处于较显眼的位子，所以我的朋友多也从公众人物始。有大队卫生所的药师、小工厂的铁匠、建筑队的砖瓦匠、生产队的队长及江湖混子等，虽无桃园结义之说，但也有传说中的几大弟兄之称。兄弟情深自然也是从酒肉始，所谓酒肉朋友也就是江湖好汉一以贯之的特色。

那时候，我们每天晚上都聚在一起疯玩，喝着几毛钱一斤的土酒，聊天侃地消耗着白天繁重劳作后剩余的精力。每到激动处也有造反的英勇气概和两肋插刀的烈烈情怀。当生产队长的陈兄大我们一岁，曾是乡下某中学造反派头头，被潮流抛弃后回到了农村。他体健性犟，凡事强出头，也终是过关斩将爬到了生产队队长位子上。为此我们也曾出谋划策，弹冠相庆，也曾分享着生产队长权力带来的胜利果实。比如每年冬储的白菜萝卜多是紧俏，我们在他的辖下多获有再分配的权利。他也是个有着很强权力欲的人，喜欢轰轰烈烈，也重义气。由于早年丧母，父亲的管教相对宽松，他的生活就一直比较独立，我们早期的聚会也多在他家的小楼上。聚散疯癫，常惹得街坊侧目。他一直屈于农村，心胸格局狭小，性格易暴怒，且不受半点委屈。常常因心中焦灼，猛烈地抽着劣等纸烟和旱烟，终是在五十一岁那年夏天去了，死于肺癌。那个当铁匠的朋友，十五岁就被送到大队的小工厂学徒，跟着师傅倒也用心，也学得一些手艺而露出头角，常给我们锻打个锅盖、桶环之类的小小玩艺。他心思灵动，博工厂领导青睐，渐脱产，沦为领导差使之人，他亦深幸为荣，我们则暗中轻视于斯。不幸在一九八九年的三月间殁于一场极偶然的车祸。年仅三十七岁。在工厂为其举行的追悼会上，大家推我去致了一篇追念之词，以尽朋友之谊。

三十多年弹指之间，时光流逝，往事飘零。当年知己多半零落。反倒是那个江湖痞子，活得有滋有味，前些年被诊为恶疾，医生预言可延及仨月，他却奇迹般活过来了，虽收敛许多，但依然痞气。现今我们偶有相遇，还请一杯薄酒叙叙，忆起当年情景，不免唏嘘。噫！命运的轨迹在哪里突然拐弯，生命之河在何时戛然而止，都是我们难以预料的。

十三

在我年轻的生命中，一些偶然的命运相逢中，也有着一生中都滋养着我精神的源泉，长长的岁月一直浸润着我的生命之树长绿。正如哲人所述一般，“问渠哪得清如许，为有源头活水来”。我和义父复生先生的一场生命相遇，即是滋养我精神生命的源头活水。记得和义父相识于一九七一年，我们都在生产大队的大院子里上班，我做拖拉机手，他是粮库保管，他是入赘妇家改的原姓，大家都称他“原书记”。他先前在外地工作，在一九六二年的压缩中因病而返乡。回来后一度担任大队的副书记兼粮库保管员。社员岁荒借粮，经社主任签条后他在粮库给以放粮。我也常常去借粮，渐熟悉。我后来观察了解，之所以他能得大队众多社员的好口碑，其实是缘于他对人的悲悯和不刻薄。我看过他的称粮，无论对谁秤尾总是高高地收住，恐每一家称回的粮都要多个半斤八两的吧。而他的性情又是严肃的，并不苟于世俗的言笑。我想是有文化和教养的善良作底吧，在那个可以把穷人难死的年代里，像他这一类人的恻隐之善，像枪口抬起了一分的士兵一样，默默地呵护了那些卑微的生命。无疑，在那样混浊的世界里，他是一个无可挑剔的好人。

那年秋天，我把拖拉机驾驶证弄丢了，重要的是里边还放着五元或十元的钱，心里很是难受。没想到第二天他看见我时，笑着对我说：你要请客啊！我愣了一下，想到了驾照的事，忙说：原支书，您拾到我驾照了？他拿出来那个绿皮的小本子给了我，里边压着的钱原封没动，我高兴极了，忙谢了他。在那个年代，这个钱完全可以改变一个人的命运。由此，他在我的心目中更加高大起来。他是歪嘴，是在外工作时患了中耳炎，做手术时损伤了面部神经所致。那天他的歪嘴对着我是笑嘻嘻的，我从未见过外人对我那么善良、真实的笑。从此我改称他为“伯”，我们见面一起说话也多了，和他聊天心情也很愉悦。

他在农村算是见过世面的文化人，又怀着一颗仁厚的心，在那不堪的岁月里是我生命中的一束光。我喜欢看小说和杂书，常向他请教词语和训诂。等我有写作萌芽时，他鼓励我，我们渐成为一对忘年之交，一直到他去世，有十年之久。

在病重之时，他要认我做义子，那羞涩之情、嗫嚅之言，如一杯老酒，存在我心灵柔软的一角，愈久则愈醇。他弥留之际，固执地等着我，就为了此生那最后一握。此情义于我的一生从未荒芜。

在一九七二年或一九七三年间，大队为应景于“学哲学”政治运动，在一个简陋的会议室布置了个小小的图书阅览室，摆放了些报纸杂志、马恩列斯毛的著作，和一些哲学政治类书籍。图书室管理员是个前两年从云南某部队上开除回来的团职军官，就是我在一篇小文章中记过的邢书林先生，刚及五十岁，高高的个子，消瘦的脸颊，还有在旧军衣里显得空瘦的身材，并掩着折磨人的哮喘病。图书室除了参观，平时很少有人进来，他也默默不多言语。因我们的拖拉机收车后停放在大队院子里，我闲暇之时常常进去，除了翻翻“两报一刊”，就是读一些《巴黎公社》《共产国际》和哲学类的小册子，除了读得惊奇外，就是热血沸腾，还有似懂非懂。渐渐和他相互有了好感，有了交流。他其实是在一九七〇年就被以“清理阶级队伍”名义双开之人。“九一三”后，管制渐松动，所以大队才派给他这一闲职的。但他依然是孤单单的。他和义父一样，同样都是不融于农村世俗生活的人，是落落寡合，是谦而有威严之人。他被双开后，转籍农村，儿女多且不成年，无有收入，只靠积蓄度日，显得困顿。我借拖拉机驾驶员稍有自由之便，常常给予他一点帮助。比如从黑市买点粮食，给电厂运煤之际偷着给他弄点煤炭以御冬寒，也算在他的窘迫之境中给予了一点帮助，于我也是一生中颇感欣慰的事情。

渐次的了解，我们谈论的话题也渐次广阔，他过往的军旅经历，现实中的政治运动，以至于生活的笑谈。在那灰暗的年代，我给他带了一点欢乐，并相互愉悦着，总之是一段真诚和坦率的相逢相交。从他和义父的身上，我开始接受成人复杂的情感，思想和秘密，和一种杂乱无章的但相通于现实的知识。我和他的交往坦诚至极，以致影响了我的一生，从不矫饰虚伪。到了一九七五年他又获得了平反，全家又转为了市民，儿女们获得了工作，他也恢复了党籍，部队也来人看望，他的兴奋溢于言表，有了爽朗的笑声，我也为他高兴。

然而，他的兴奋是短暂的。在一九七六年一系列惊雷的炸响声中，他的生命走到了最后。一九七六年的岁尾依然是寒冷的，听说他住进了医院，我赶去看望，他已是弥留，气若游丝，医生已束手无策，延了两日即离世，呜呼！甚悲。我请义父书了一副挽联，到他的灵堂前拜了一拜，给我们俩在这个世界的交集画上了句号。

两年后，伤痕文学兴起，我感于他的遭遇，以他为原型写了我的第一篇小说《孤独的小院》，故事类似于后来的《小镇上的将军》。本县文学界一位作家看后给予肯定，说要推荐在《上党文艺》发表。但后来不知所终，原稿也遗失了。

十四

在一九七六年那惊惊乍乍的历史进程中，我依然不紧不慢安度着青春岁月。队里又增添了几台拖拉机，我们成为一个十多人的农机站。修理方面是我的强项，任副站长职。还有结婚生子如此宏大的人生叙事，竟然都在不经意间就轻轻地滑过去了，就像顺理成章完成了一项上帝赋予的使命。妻也是苦出身，据说择我，是她母亲的主意，真是个有眼有珠的老太太，好像一切都在她的计算中。而我们只是在她的旨意下组了个家，把一生过得圆满。女儿早早出生也是一件诗意的事。我正在外地出差，她提前来到了乱呼呼的人间，由于早诞，她初时小得像个袖珍人，还好，终于长成，又把自己读成了医学博士。

依着对读书的痴迷，和两位老人对我人生志向的默默影响，我隐隐地有了文学的梦想。偶然获得了一本《天安门诗抄》的手抄本时，曾欣喜若狂，偷偷朗诵给朋友们听，也为他们的感官迟钝而愤愤。当那年九月铺天盖地的哀乐响起时，也和书林先生在一起发着杞人之忧，忧患于“问苍茫大地，谁主沉浮？”但随着政治局势的突变，就眼花缭乱了。可怜书林先生在那年冬天离去，没有等到属于他的春天。

在那个文学的春天来临时，我又一头扎进了文学之海，常常就着霖霖的雨声，从深夜一直写到黎明。用蹩脚的文字表达着激扬的青春，并从此把文学视为至高的殿堂。虽未有作品变成铅字，但颇得本省文学刊物编辑的认可，给予我莫大的鼓舞，我也在周围文学爱好者的圈子里高了一头，并引得本县的文艺刊物向我约稿。至今想来都不知该如何感谢那个时代。

谢谢一九八〇！我短暂的文学嘉年华。

十五

记得那个伟人在他的关于农民运动的经典中说过：“他们将冲

决一切束缚他们的罗网，朝着解放的道路上迅跑。”中国的农民在二十世纪八十年代初，又将经历着一次冲决束缚他们的思想罗网，他们将又一次朝着解放的道路上迅跑。“包产到户”“土地下户”、解散人民公社和生产队，回归乡镇和名副其实的农村，从风声到传言，在我们的心中渐渐激起了波澜，给了我们一种新生的憧憬与希望。但在周围巨大的惯性压迫中，只是在心中慢慢滋生着，向往着。我们的心中是欣喜的，激荡的，期待着一种自由的未来。但未来又很是茫然，只是隐隐地盼着，盼着什么，也不甚清楚。我不安分的灵魂在社会即将来临的变革大潮的汹涌下躁动起来。我也即将面临人生十字路口又一次重大的选择。

一个志同道合者是催化我的人生裂变的催化剂，虽然我们只有短短两年时间的合作，但那是一次人生患难共生的合作。我们观望、犹豫、做着准备，并互相打气壮胆，用了将近一年的时间。我们同龄，他当过汽车兵，学了一手汽车修理技术。我们几乎是一拍即合。我们的一九八二年是在紧张忐忑不安中度过，从新闻中搜寻着改革开放一波三折的蛛丝马迹，用对未来虚幻的憧憬来坚定自己的信念。

一九八三年，元旦的钟声是给我而立之年敲响的一记警世之钟。在我们北方这个保守的小县城，一缕清风还是吹得时断时续。我时而焦灼悲观沮丧，时而激动豪气满怀。犹疑、观望、不屑一顾，还是大众对改革开放的主流看法。我们辞职了，我们已急不可待，他从机械厂，我从农机站，犹如石破天惊。说来好笑，不就是生产队的队办企业吗？人们用惊异的眼神看着我们。几乎所有的人，对我们投来另类的目光，好像我们明天就会饿死。我则统统以蔑视对之，并在心中强烈地对抗着。就这样我在人生的路上勇敢地跨过了世俗的横线，不时用一种朦朦胧胧的信念，把恐惧埋葬，筑着人生的坚强。每当孤独时，就给自己一种天降大任，舍我其谁的信念。冷眼望着生产队像艘千疮百孔的船，离我越来越远了。

二〇二〇年八月

我与《山西文学》的擦肩而过

我曾经也是二十世纪七八十年代文学大潮卷起过的一颗沙砾，也曾握着装有五彩斑斓墨水的笔管，就着摇曳的黄色光影，书写着从干瘪的思想肠子里搜刮出来的雄壮而美丽的口号，还有一些青涩得尚可爱的句子，描画得像诗一样的深沉，在心中汹涌澎湃的激情中默诵几次后就急不可耐地，买一张八分钱的邮票，还要像模像样地默默祈祷一番，然后羞涩地寄向远方，在石沉大海般的等待中急急地编织着美丽的梦，并在太阳烤着的玉米地里握紧锄杆挥汗如雨。

文学的春天在我青春的傍晚开始，由于禁锢得太久，已是千疮百孔，这上帝的精灵一旦逃出禁锢的牢笼，就如迸发出的岩浆，到处在流淌。朦胧的诗，印象的画，伤痕的小说。我们已扭曲的青春枝叶，在迎面而过的春风中，欢欣鼓舞，满眼迷离，热烈的用畸形的思想去拥抱着还戴着镣铐的，缤纷飞扬的文学的春天。

原来文学的世界和世界的文学是那样地浩瀚似烟海，绚丽多彩，如虹如霞，不仅只有《牛牤》和《钢铁是怎样炼成的》，还有《安娜·卡列尼娜》和《复活》，不仅仅有高尔基、鲍狄埃，还有托尔斯泰、海明威……甚至于一册词典，都是如一捧甘洌的醴泉，散发着清香，我们如饥似渴一般汲取，并愤怒地涂抹着思想的苍白。

这就是二十世纪七十年代末八十年代初农村文学青年，或思想青年（姑且如是称谓）路遥对高加林式的写实。一封铅印的退稿单都曾让他们欣喜若狂。

幸运的是我在不多的几次投稿中，《山西文学》的编辑张改荣老师，始终是以亲笔写指导信回我，虽然信的篇幅不长，但寥寥数语的写作指导和温馨的鼓励，常常令我感动不已，在我青春期不长的文学梦的追求中，留下了永远的记忆，至今难以忘怀。记得当时编辑部自己编印的一些辅导业余作者阅读和写作的三十二开本的小册子，张老师时常给我寄来，我阅读莫泊桑、契诃夫就是从这些不花钱的小册子开始的。

记得有一天，突然收到一个厚厚的信封，是那种《山西文学》曾用过的专用信封，阔而短。拆开一看，除我的小说稿子外，还有当时任副主编的周宗奇先生一封长长的信，他不仅在稿子上勾勾画画，把需要修改的段落标出，并在信中逐段写出了修改意见。记得小说是仿照鲁迅的《一件小事》的立意写的，题目也相同。

他告诉我应换个题目，不要雷同，在信尾又嘱我尽快改好后直接寄他本人。信中的娓娓而谈和切切可期，平易近人，全无居高临下之势。当时激动得我一塌糊涂，亢奋得一晚都没闭眼，对着稿子没改出一个字。随后几天又在周围文学朋友的圈子里显摆了一番。尽显着年轻时的幼稚、浅薄，和对文学的热烈和真诚。

当时正值农忙时节，我一个月后才将改好的稿子在忐忑中寄给了周宗奇老师，心情的激动虽已平静，但思想的憧憬依然缤纷万千。时隔两个月后，我又收到了编辑部厚厚的信封，里面除了周老师大笔多处精心改过的原稿，还有一封长长的信，信中说主编会上有人不同意发稿，因时下舆论场中，对“资产阶级人性论”的批判正如火如荼（我的小说可能是既伤痕又人性。）。他说了些表示歉意的言辞和鼓励我继续努力的话语。我的小说涉“资产阶级人性”？我至今仍是懵懵然，伤痕倒是有很多的伤痕，因当时时代的伤痕满世界都是。作品未能发表，虽令我有所失落，但周宗奇老师字里行间那种对我习作的肯定，给了我十分的暖意，发表倒在其次了。言辞间那种替我惋惜之感，透着浓浓的真诚，实是令我大为感动。在我艰难而困顿的生活中，在我卑微的人生中，它犹如一束阳光，带来了一抹亮色。周老师把所配插图的草稿一并寄我，并有他们编辑之间关于稿子的往来话语，现在只记得有周老师嘱美编的一句：插画要有动感。并有铅笔寥寥几画勾出的简图。信尾自然是勉励我一番，写出好的作品给他寄去。但我却因急于突出窘困生活的重围，和感受到了已呈浩然之势的开放之风的鼓荡，萌生去意，随即弃农也弃笔而从商。数年之后，更在商道的艰难困境中，为示与文学的失败之决绝，含泪把记录着青春印记的十多万字的习作付之一炬，可能还有着周宗奇先生和张改荣老师那殷殷的期望和深深的关怀，从此混迹于铜臭之地三十多载。至今想来，多有愧疚和辜负于二位老师。

这期间，还有县里的文化馆馆长，我县作家王红罗先生，在省城参加完《山西文学》编辑部的创作会回来后，亲自找到我家，了解我的情况，并告知我的作品将在《山西文学》下期发表。他还很感慨地说张改荣老师和周宗奇老师对我的文笔很感兴趣。小小习作能称得上文笔吗？至今想来都令我汗颜，但当时心情很是激动并忐忑。走时他还一再说，以后要多和他联系，并要我给文化馆办的《群众文艺》投稿，馆里可以提供创作所需笔墨纸张云云。感动之余，我永远记住了那个文学的春天所带给我心灵的欢乐和鼓舞。

当急于要走出生计之困而改变命运的我，在农村经济变革大潮的激荡中，下决心要投身充满险风恶浪且不知深浅的商海时，我独自一人专门跑到了心目中的文学圣地——《山西文学》编辑部。那座虽蒙着“文革”劫后的破败之相，但仍透着民国遗老气味的小楼，去见了张改荣老师一面，那是三十多年前唯一一次站在文学门槛边的会面，我怀着怯懦的心情，表达着对张老师的感激之情，实则也是我对文学之梦深情的告别仪式。具体的情景已不记得，但对我给她带的一点家乡土特产，可能她当时的神色和话语严肃了些，我是全然未当回事，随即就忘却了，义无反顾的一别三十多年未回首，她却为此一直耿然于心并说愧对了我三十多年。直到今年夏秋之际，有幸参加市作协组织的笔会，遇到来讲课的她三十多年前的同事毕星星老师，我询问她的近况，才知她多年前已调北京工作，现已退休在家。毕星星老师热心，当晚即联络到张老师，第二天即告我张老师说还记得我，说名字记不甚清楚，但记得姓王。难为她古稀之年竟还记得三十多年前见过一面的文学爱好者。随后我们加了微信，她在微信中问我三十多年的人生去向，并自责是否当年言辞不当伤害于我，令我放弃写作，愧疚于心三十多载。她的自责令我大惊并大窘，我赶紧告她当年是迫于生计之难而弃农从商，商道艰难忍痛割爱放下了写作。当她知我经商略有小成时方才释然。后我们相约在京一晤。

中秋节我到京，即去看她，照图索址到她家附近时，她怕我找不到，已到街上接我。一头的白发，满目的慈善，三十多年前的匆匆一面，我们恐早无对方印记，但街头相遇时的相视一笑，竟是那么熟悉和自然。在她家，我们相谈竟一个多小时，生活坎坷已是过眼烟云，别后重遇则是让人感慨万千。我还把我偶尔发在报章的小文章传给她看，她亦感欣然。言谈中，也知她二十世纪九十年代经历多有坎坷，但看她侠骨柔肠神采依然，我特别欣慰。中午她和先生盛情留我吃饭，我只好从命，席间与她先生相谈甚洽，知他也是山西老乡，在中央部门工作多年，温文尔雅谦谦君子，给我留下很深印象。饭毕，她又独自送我，伫立街头良久，走了好远，我回望，她还在挥手……

为了青春期那段文学情怀，为感怀那一念之恩，还是在那有着民国范的小楼里，我也终于遇上了依然豪情万丈的周宗奇老师。虽然往事如烟，周老师早已忘却，我却是一经心底冒出就历历在目。想一切缘分都是上天之安排，我们是一见即如至交。用周老师在微信朋友圈一句感慨之言：对他的来访，我感动死了，当时就慨然成交。这岂是七十五龄的儒雅书生之言语，简直是江湖豪杰之气势。但何止是他，我岂不也是感动死了，但对仅一面之缘、一席之谈的至交之订，由于怕他失望却犹疑再三。想他著作等身，在圈内圈外也算著名作家，按他的名堂也应是“享受某某津贴”的学者专家，但他一身豪气，铮铮傲骨何肯就范。不过如心怀庙堂，岂能有那一腔的冲天豪气和一身的江湖傲骨？别时他赠我著作数本，并一一题写。我则带了近两年载有我习作的刊物留于他，并告他我没有忘记文学，没有忘记他对我这个未曾谋面的文学爱好者的激励和帮助。我们又到那曾经在文学青年心中视为圣地的，挂着枯藤和细蔓的编辑部小楼前留了影，以作为纪念。

追寻这一段记忆，缘起于和王红罗老师的一次饭局相遇。当年和他短暂相遇后，在波起浪涌的时代大潮冲击下，我们各奔西东，他从政做官，我经商赚钱，再无交集。去年一次饭局相遇，对望着满面沧桑，我们唏嘘不已。他又感叹当年，还为我遗憾，遗憾我当年未从文道，未写下“大作”，但戏言我挣下“大钱”，也算有成。并再次提及周宗奇老师当年对我文笔的赞赏，不禁勾起了我那在人生中飘过的青春之文学梦的回忆。也是文学和文学的传道者周宗奇老师、张改荣老师在我心里种下了这因，才结出了这段友谊之果，让我能去回望，让我能去咀嚼和回味。

二〇一八年十二月十七日于北京

那口老井

想起那口老井，有两个缘由。其一，县城南关步行街虽经难产，终于落成。旧时的景与物已是荡然无存，就连存于心中的情也是愈走愈远。“白驹过隙”“逝者如斯夫”，短短几十载，已有沧海桑田之感。昔日的市井田园，已然是高楼矗立，霓虹闪烁。但人流如织已难觅老街坊，闹市喧哗已不闻旧乡音。此情此景，本是时代进步、社会发展之必然，但像我等祖居于南关老街周围的原住居民，时不时，也难免因触景而生出一丝淡淡的乡愁。

话似乎有点说远了，还是说缘由吧。一天清晨，散步经过步行街，遇一多年未见在外地工作的儿时伙伴。人将老，话渐多，加之多年未见，不免唠叨上一些儿时的旧人、旧事、旧情、旧景。谈旧人旧事，也多是儿时的同学少年，遥远记忆中的逸闻趣事。说到高升发达之人，羡慕之余，不免也有酸葡萄之感，总想找一些瑕疵，以作平衡心理之作用。谈到早逝作古之人，或事业不发达，生活不得意之人，总想洒一掬同情之泪。说到儿时的顽皮趣事，总觉得从心底涌出的那种感觉是难以言说的。激动时甚而要拍一拍对方的肩头，才能表达那份难以言说的感觉。说到旧情、旧景，总要从世事的变迁中，去追寻那逝去的老人、砍掉的老树、拆去的老房子。还有那口用甘甜养育我们半生，并已填埋得无迹无痕的老井。关于老井之盛名与盛情下面再说，先说我们略加考证就确认，那口老井原址或就在我们的脚下。想想人还是，物已非，不免要唏嘘感叹一番，才各自走散。这是缘由之一。

缘由之二，是满世界都弄得沸沸扬扬的“太湖蓝藻事件”。据报道，无锡半市之人，面对泱泱太湖水只能望湖兴叹，而不得饮，最终是靠政府调集大批矿泉水才度过危机的。时至今日，尽管有各等官员在镜头前频频喝湖水，很多人还心有余悸，连用自来水洗澡，都要先在心里敲一通鼓。不知吴越先人如泉下有知，在惊骇之余，会有何所感。记得有一曲吴越小调，曲名《太湖美》，且录几句唱词如下：

太湖美，太湖美，
美就美在太湖水，
水上有白帆，
水下有红菱，

水边芦苇青，

水底鱼虾肥。

太湖水还美吗？白帆肯定已被喷着黑烟的机器船替代了，不知红菱还有吗？芦苇还青吗？鱼虾即便肥还敢吃吗？不知处江南水乡的无锡人有何感想。

小曲作于何时我未去考证，但短短几十年，美的歌成为绝唱，美的景变为丑陋，实在是令人痛心的。记得三十年前和朋友出差到无锡，游太湖，吃太湖船家的老烧鱼，美食、美景，朋友至今还津津乐道、念念不忘。再游太湖还能吃到船家老烧鱼吗？不知是否杞人忧天，由太湖之远水想到我们老井之近水，想到我们那口涌甘甜之水的老井。无论冬夏春秋，渴了，我们吊一木桶打上就喝，或甘，或洌，或凉，或温，似琼浆之醇，似甘露之美，不是也轻轻就被我们抛弃了吗？是前车，还是后辙，且不去论断，但却是我想起那口老井的缘由之二。

老井，名“四角园井”。原址位于现南关步行街中段西侧街边。井，或有“市”井，“园”井之分，顾名而思，“市”井供市民生活饮用，“园”井供浇园灌溉之用。根据“四角园井”的名字看，它属“园”井，可打我记事起它已是大半属“市”而少半属“园”了。它东面邻南关老街，距街面隔着两三户人家。北面十几步之遥是一东西向，长有百多步的胡同。由于位于南关老街西侧，俗称“西圪洞”。向东通南关老街。向西百步之遥是一个三岔巷的路口，记得常贴一些“天昏昏，地昏昏，我家有个夜哭郎”之类的东西。胡同正中有向南长约二十来步、阔两三步的短巷通到井边，周围三面邻居着我们这些市民和非市民们。唯独井的南边，紧挨着的是一块方方正正的菜园地，大概因其方正，名曰“四角园”。园约有十来亩的样子。四周被街巷所围，老井就是以它命名为“四角园井”的，或原来就是此园的附属。老井，阔有丈余，深不可测。井台用硕大青石凿就，分成两孔，孔径有二尺。井梁是砂岩石凿成，长两丈有余，用两根半截埋于地下，上带有凹槽的，同是砂石岩凿成的立柱支撑，离地约四五尺高。石梁厚二尺，宽尺余，中间凿穿两个五寸见方方孔，用于装轱辘轴。轴用硬木削成，长二尺，套两个铁套作轴衬，轱辘用生铁铸就，轱辘把用易曲的新桑木弯成。这大抵就是老井的原貌了。可惜拆毁时事情忙未去照一张相片，留个纪念，或用作怀旧的念想。怀旧也就是怀旧情，人老多怀旧情也属常理，因来日无多，只好怀念当年的旧情。青年多憧憬，是因多想前程似锦，而无旧途可怀，所以不妨引申一下，把“好汉不提当年勇”改为“好汉常提当年勇”。

怀老井之旧，其实也就是怀人生之旧情。不过老井的水确是值得怀念的，用甘甜、清洌（清香）来形容毫不为过。举两例。

一、老井水是四季都可直接饮用的，春洌，秋甘，冬温，夏凉。到井台打水遇口渴之时，大家先打一桶上来，咕咚，咕咚，先猛喝一气，就两个字：痛快。然后再挑水回家。有时是挑回家先舀一瓢饮了，再倒回缸里。清纯之感远在“娃哈哈”百倍之上，并从未闻有喝凉水致病之人。二、听老人们说，以前卖水谋生之人，多挑老井水到城里去卖。虽城里也有水井，但富裕人家多要喝“四角园井”的甜水。一直到我记事，还记得井边住着一个矮小，或还有点残疾的小老头，牵着比他更矮小的儿子，挑着水沿街去卖。他早已作古，他那更矮小的儿子，已长成比他更矮小的小老头，现已无水可卖，听说还有病，在吃着“低保”。有时也会由此想到命运对他父子的不公。

老井水之甜有种种说法，但听上辈人说与老井里流了太多的血似有关联。据传抗战时老井里曾填满了日本人用刺刀挑死的国人。想想都毛骨悚然，不知先辈们是如何面对那惨不忍睹的场景的。想到此，恨不得“老夫聊发少年狂”去荡平“靖国神社”之流。我倒是宁可相信此种说法，鲁迅先生不是有“血沃中原肥劲草”之说吗?

现代人生活沉重，是幸福但沉重着，幸福是形而下的。以前的人是苦并快乐着，快乐是形而上的。所以老井带给我们的，多是困苦生活中的精神之乐。记得凡初到老井挑水者，多不会用轱辘上的铁索拴桶。因为井绳是由两部分组成的，上部是粗麻绳，下部末端是一截粗铁索，用以拴桶。铁索设计奇特，颇似魔术表演道具，一丁字圈和两个圆圈一套，不详者，不费一番周折是很难打开的。所以初学者不是不会套就是不会解，多要求助于人，所以能者助人并示其能也为一乐。有关更换井绳之事，更可见当时民风之淳朴，值得一提。井绳大概是一年换一次，由德高望重并好事者出面。算出所需钱财，委几个勤快、人品好，同样好事的年轻人，挨家挨户收钱（家境特困者也可免），购置，并安装，然后由组织者张榜公示。所余钱财，多，则退还各家，少，则买几包烟散给大家，快乐高兴而没有异议。还有，到井台去打水，年轻人多要显其勇，放轱辘时放得极快，快到水面的一瞬间才突然刹住，给人以惊险刺激之感。记得一次我也争显其勇，但由于人小力微，桶到水面时没控制好速度，木桶在井里被蹾散。桶板七零八落漂了满井。由于家贫，桶是借别人家的，还是父亲捞上桶板又找木匠箍好才还了人家。想想父亲已作古多年，诸多往事飘零，心中不觉戚戚然。

在春夏秋季，老井还要发挥“园井”之功能，特别是在夏天，“四角园”所植作物需常用老井水灌溉，俗称“浇园”。由两个壮汉用两个特大的木桶在两个井孔中摇轱辘提水。提上后各倒入井边一个砂石岩凿成的石槽内，由石槽边上的圆孔导入渠内，汇成一股源源不断的水流，再由浇园改畦的人从土渠（种园的叫“龙道”或“垄道”）中引入菜畦。负责浇园改畦的多是女人，因此也就有了“你挑水来我浇园”的戏文。摇轱辘的两个壮汉中，有一个印象特别深，个子矮小而壮，人又极老实，每天笑嘻嘻的，摇轱辘打水时裤子挽老高，光着脚，遇有人挑水，也肯帮忙给打一桶。据说男人的功能不行，所以常有人开他性玩笑，他有时也回一句，但不恼。他没有儿女，过继别人一个儿子，但娶妻生子后又离他而去。又过继一个女儿，听说生活也不顺利。无儿女，似乎原因也不全在他，因听大人们说，他妻子有一个半公开的相好经常出入他家，他也默认，或默许。过去，农村生儿育女“张冠李戴”或“李代桃僵”之事常有，虽有违人伦，但有时也皆大欢喜。不像现在有“DNA”去验证，常常弄得不是对簿公堂，就是妻离子散。我想他如能得一子或女，大家也一定会认可并谅解。因为像他这样的好人应该有个依靠和安慰。当然也未可知，不知是否。他给我的印象就是一生劳作，好像除了大年初一每天都在劳作，连病都没有生过，生产队里的粗活、重活，如掏井、掏厕、担粪，从来都是他在干，并且一直是笑嘻嘻的。大家怜他，没人欺负过他，他已西去多年，不知在那边过得轻松吗？还常笑嘻嘻的吗？

老井最热闹的时光是每年秋后腌制酸菜的时候。每年的旧历十月初，秋末冬初，早晚稍有寒意但是还不太冷，正是秋菜的收获季节。在那个艰苦的年月，冬天主要吃的蔬菜是用萝卜叶子腌制的酸菜，南方人叫雪菜。意想不到的是，这种传说可致癌的腌酸菜在寻常百姓家绝迹多年后，这些年又摆上了高档饭店的餐桌，虽说质已逊于当年，但身价已是当年的百倍之多。每年腌制酸菜时，井台周围人声鼎沸，热闹非凡。通常要支两三口大锅，老井周围几十户人家都要来排队轮流煮菜，洗菜。或两三家合伙，或一家人自己做，有烧火的，有捞菜的，有洗菜的，还有从井里打水的，既分工又协作，并伴随着张家哥、李家嫂的打情骂俏和连天笑话，每年都要热闹上它七八天。酸菜的腌制有一套很复杂的工序，先在地上挖一个大坑，支一口径五尺、深二尺的大锅，把萝卜叶子放进去煮，煮到七分熟，捞出放缸里去洗，通常放三个大缸，洗三遍，拧干，拿回家，在地上铺几块砖，先铺上谷草，再铺上白菜叶子，然后把洗好的菜方方正正摞起，上面再铺上干净的白菜叶子，用大木板（通常是用擀面的案板）压上，再放上几块大石头，把水压干，一般要压两三天，压干后，请一个切菜的师傅晚上来，用专用的菜刀来切。切酸菜当年也成为一种技艺，专用刀具颇像梁山好汉当年用的朴刀，刀杆有三尺多长，刀有一尺多长，只不过刀把头另多了一个五寸长的手柄。刀座用一条六尺长板凳代替，板凳一头钉了个P字形的铁圈，用以支撑刀杆，板凳中间立着两根宽寸许、高尺余的铁板条，间隔约五寸，中间放菜。菜刀靠在铁板条上飞快地做上下往复运动，手在铁板条后徐徐续菜，茎变成豆粒大的菜丁，叶子变成细细的菜丝，像一条黑色的小瀑布飞快地流下，不一会儿就在铺着的席子上堆成一座小山。然后用木杵捣实在一口大缸里。还要预先到河边找一块被河水冲刷得圆圆的砂石压在中间，防其泛起。然后再煮一锅面汤放进去，发酵两三天变酸就可以吃了。人口多的人家还要腌上两缸，一直吃到来年的二三月间。

说老井还须顺带说一说“四角园”，要不，总有点意犹未尽之感。“四角园”方方正正，低于周围路埂二尺，像一个方方的池子。秋菜收获后，成为一片平而宽阔，空空的场地。它是农闲时老人们晒太阳和年轻人玩的场所。我记得有一种大人小孩都玩的游戏，叫“赶蛋”。天气好或是过年的时候，“四角园”常有好几拨人在玩，欢乐的笑声，与太阳，与质朴辉映相伴，也可窥当时市井风貌之一斑。这游戏集合了西方冰球、垒球、棒球等特点，一般四至八人均可玩，每人须准备一根和自己身高差不多的木棒，在冻得硬硬的土地上，挖一个脸盆大的坑，叫作“老窝”，周围距“老窝”丈远等距离挖几个小坑，叫作“小窝”，小窝数比玩游戏的人数要少一个。游戏规则是，先用石头剪刀布的游戏方法，以打擂的方式确定一个赶“蛋”者（“蛋”是找一个直径有十公分大小的，圆圆的鹅卵石充），其余的人除赶蛋者外，各占一个小坑为自己的窝，赶蛋的人必须努力把蛋赶到老窝里，才能在换窝的过程中抢占一个属于自己的窝。因为“蛋”一被赶到老窝里，所有占小窝的必须轮换新窝一次，原来有窝的如占不到新窝，旧窝也不属于你了，占小窝的人必须同心协力把蛋往外赶，不让赶蛋者把蛋赶进老窝，同时还必须守卫自己的小窝，不要让赶蛋的人趁机占了自己的窝。因为赶蛋的人可以在你去赶他的蛋时，趁机把你的窝占了。所谓占窝，是只要把木棍点在窝里就行，谁先点到算谁的。在游戏开始前，还有一条不成文的规则或约定，叫“赶蛋扫腿，不能龇牙咧嘴”，因游戏中赶蛋用的木棒随时都很可能打到谁的小腿或脚。尽管有此“生死状”，我们小孩子玩时，总有一两个是哭着回去的，大人们也多不在意。游戏的规则时至今日也可谓合理、公平、严谨，且具娱乐性。不知是否可申报奥运会表演项目。还有因游戏而生成的一句可入典的形容词，叫“赶蛋没本事，杵老窝好把式”，用以形容那些“成事不足败事有余”的人，或闯了祸的窝囊人。

还有一些老井周围的人和事想聊，但由“井”扯到“园”已属“离题”，再说或就有“离题万里”之嫌了，而且文辞不美，又言说市井琐事，不成了“又长又臭”的裹脚布了吗？其实揭开历史的真面目，被称为裹脚布的“八股文”，也算是传统文化的组成，是精华多于糟粕，只不过是那一种文体走到了极致，再无创新意向而形式僵化了。就此打住吧。

二〇〇八年秋

那条小河

儿时的那条小河于我实际是印象派的。印象派多是朦胧的、诗化的。不过朦胧的、诗化的多是美的。有形的像雾中的山，像披着轻纱的少女，无形的像“朦胧诗”和大漠中的海市蜃楼。无论有形和无形，朦胧多给人以遐想。岁月给这条小河蒙上了朦胧的外衣，所以怀想旧时小河的情景也多添加了遐想的美，或许也算佛家所说“境由心生”的美吧。加之，旧时的情与景多是经时光浓缩了的，或许，要说，还有“失去的才是最美的”之说。总之，曾经的那条小河是极美的，只是岁月无痕，把有形的美变为无形，剩下印象的美。但如果只剩下印象美也好，令人难受的是曾经美丽的小河，已羞于为河，变成一条流着臭水的河沟。不知是岁月之过，还是人之过。

说河流，要溯源。源有两种，河之源与流之源，河之源，如河流的历史，名字的起源和变迁，还可引申到历史演变中所涉的人和事等。流之源则说河流发源地和半途汇入的支流等，或也为我管见之谬论。因所闻并不多，所记也大多被岁月淹没，只好想到哪就说到哪，好在是说些市井琐话，也就无规所束了。

小河无名，在城南叫南河，在城西叫西河，到东汇入一条大的河流，叫东河（官名獲泽河）。水之源大概要上溯十里之遥，由几条沟里的小溪集合成大的溪流，涓涓而下。真正成河，其实要从中李丘幸福水库水源的加入算起，才成为河，顺流而下绕城而过。当然，还有一条重要的水源，即“西大泉”或“西池”的涌泉，那清冽的泉水是从现今文化馆半墙上的一个墙洞中涌出的，足有水桶般粗细。印象中那条美丽的小河也就是从这里始，从高高的旧城墙根下，蜿蜒而过，到东河终。它长不过两三公里，清澈见底，游鱼可数自不必说，光是带给我幼年时期的愉悦和快乐，至今都还常萦绕梦中。春天看蝌蚪和游鱼，年岁是已然忘记，大概五到十岁之间吧。浅浅的河湾，灰褐色的小鱼游起来箭一般快，常常诱我们向河中央走去，让河水打湿我们卷起的裤子。成群如豆般的蝌蚪，摇头摆尾可爱至极，常令人看得发呆。忽一日长出两条后腿，又一日长出两条前腿，不几日便褪去尾巴，变成可爱的小蛙，跃上岸边的草丛，完成了人类几千万年才完成的进化历史。我想，给小学生讲从猿到人的进化历史，与其看猴子，倒不如养一罐蝌蚪更形象，只是不知现在那里还能否找到蝌蚪。

夏天的欢乐多半由河湾戏水而来，河湾处多有码头，以御大水。码头处多有被大水冲出的深潭，深时有一两米，浅时不足一米。由于年岁小，东大河（漤泽河）是不敢去的，所以这小河湾的码头处多是我们一群小不点游泳戏水的好去处。记得，花园沟口的码头处就是我们常去的地方。由于那里是小河的一个急弯处，潭阔水深，是个玩水的好地方。花园沟——上年纪的本地人大约都是知道的，在长途汽车站的下侧，环城公路东折处的外一侧。“花园”是没有的，倒是有一条很深的红土沟，天稍黑，沟内便阴森可怖，还有时隐时现的磷火飘移。挨沟的东南有一个叫“花园”的小村子，与县城一河之隔，现在早与县城连成一片了，但还叫“花园”，是属城中村一类。河湾码头的遗址至今还隐约可见。小伙伴们光着屁股从码头扎向那一汪清波中的勇敢与快乐，是今天游泳池里的孩子们永远也体会不到的。大人们多是禁止我们去的，因花园沟口早年是刑场，怕被死去的冤魂抓了去当替死鬼。听说，也确枪毙过一个冤死的，据说是个老师，姓田，案犯通奸投毒，听说是冤了，后来又平反。有时去玩水想起来时，也确实感到悚然，心里毛毛的，只是抵不住那一湾清波的诱惑，当钻入水中疯玩起来时，这些也就丢于脑后了。

早年行刑人犯执行死刑的确也很吓人的，记得每逢有死刑犯人伏法时，这一天似乎也成为本城人的节日。当然犯人的家人除外。由于凭空添了这一个节日，小城窄窄的街道边早早就挤满了看客，男的女的，老的壮的。当我后来读到鲁迅先生的文章，把国人划分成看客和示众的材料时，那儿时看行刑的情景就从记忆里浮了起来。男看客，大都穿着上了一截白裤腰的筒裆裤，女看客，大都穿斜襟衣服，多是家织靛染的粗布所制。大家虽都是一脸菜色，但有的在兴高采烈地大声议论，有的一本正经地讲着小道消息，还有的则心事重重窃窃私语。还有那些或钻于大人胯下，或骑在大人脖子上的孩童，瞪一双好奇的大眼东张西望着。约莫十时许，在人们等得有点乏味时，由远处传来一阵急促的马蹄声，人群马上骚动起来，只见两匹或四匹骏马由东向西疾驰而来。马沿着街道两边疾驰，马上的骑手高傲而严肃，有的甚而还凶巴巴的一脸杀气。狂奔的马都快要踏到人们的脚上了，人们大呼小叫地向后退着，跌倒的又赶紧爬起来。这叫"打路"或"打场"。犹如现今有重大活动时，在前面开道的摩托车队。当马队跑过几个来回后，押解犯人的马车就从东门的县衙缓缓驶来，今天的主角也就隆重登场了。马车两边有荷枪实弹的民兵护卫，记得是四匹马拉的大马车，三匹在前充当梢马，一匹壮马驾辕。车把式也是昂着头一脸严肃，把带红缨的长鞭甩得啪啪作响。车上的案犯被五花大绑，插着三尺长的亡命旗牌，被几个士兵和民兵拥立着。一定是由于捆得太狠的缘故，人犯的头向上仰着，由于痛苦而皱着眉头，衣服稍许整洁，脚上穿一双崭新的黑面白底千层布鞋。听说刑前要喝酒壮胆，所以脸上并无特别惧色，只是听说怕他喊冤，嘴里下了机关。出西门是如何到刑场的，由于刑车后面随着人山人海，小孩子是不得见的。只记得午时三刻枪声响过，一波又一波的围观人群逐渐散去后，我才在远处看到扭曲的尸体横在河滩，远远看去那一双鞋底白得刺眼，离我们戏水的地方近在咫尺。听大人们讲鞋子大多会被收尸人脱去的。那时家人大多不愿去收尸，因为在那讲阶级斗争的年代里，家人大多要与案犯划清界限。所以多由公家或家人找一专门从事此行当的人，或用席子卷了，或用大缸装了，草草掩埋了事，以免暴尸荒野。或者就在花园沟的土壁上打一“穿堂”放进去，暂寄此孤魂怨鬼，不知是否。但花园沟的沟壁上常有因大雨冲刷而露出的“穿堂”，还有夜晚飘移的磷火，不免常让人产生鬼魂游荡之联想。所谓“穿堂”也就是：或由于家贫，或因某种原因不能正式安葬，为寄存遗体而在土壁或地埂上凿下的洞。

以上虽有些扯远，但也就算翻一段陈年旧事吧。小河在花园沟口——我们常戏水的码头处，也就是毙人的地方拐弯，在宽阔的河道内，轻轻唱着欢快的歌，自由地流淌着。那时的河床很宽，只有在涨水时才会淹满河床，平时的河水只是在涨水时冲刷出的河湾里弯来弯去，有时靠了岸边，有时又回了河床中央，总之它是自由自在的。

夏日的傍晚，在岸边水草丰茂的地方，晚霞渐隐，薄暮升起，蛙声、萤火，常伴着徐徐的晚风吹过，给艰难的生活也带来一丝惬意。不知在如今嘈杂而躁动的年代里，有几人还能忆起那美丽而宁静的傍晚。一些宽阔而平缓的岸边，是妇女们洗衣服的地方，水边常会摆放几块一尺大小，被水冲得平而光滑的卵石，半浸在水中，用以捣衣和搓衣。那是我们祖先沿用了几千年的古老的洗衣方式，也是最环保的方式。先把衣服在水中浸泡后，再放在卵石上用棒槌轻轻地捶打，然后在卵石上揉搓。因那时无肥皂和洗衣粉可用，顶多用一些皂角，所以小河的水永远是清泠泠的。所谓“棒槌”是硬木所制，一尺多长，通体圆而光滑，雕有手柄。说它有千年历史是有书为证的。我辈上学时，蒙师不是讲过“只要功夫深，铁杵磨成针”的典故吗？大诗人李白不是因贪玩逃学，在河边遇到一个拿铁棒槌磨针的老妇而被感化，才发奋读书成为大诗人的吗？只是不知老妇为啥拿的是铁棒槌，可能是还未进化到用木棒槌的缘故吧。如今“棒槌”是消失了，恐怕连“棒槌”这个名词日后也要到古汉语词典里去查了。

从花园沟到南河口有半里多或一里。在小河流经的区域里，南河口算是最热闹的地方了。河的北岸就是南关街，南岸是川道街。有好事之人在河中架简易木板作桥，走上去颤巍巍的，有时干脆就匀距离摆放几块石头，人们在石头上跳跃前行，夏天水大则是脱了鞋卷起裤腿过河。记得北岸有一车马大店，常驻有长途运脚的车马，院子里人欢马叫热闹得很。南岸川道街里有一“留人起火店”（规模较小，客人可自己做饭食，类似于现在的民宿），常有南来北往的客商打尖，煮饭或住宿，商埠气象颇浓。而每年农历的三月二十九，是南河口最为热闹的日子，也是本城最具规模的大集会。我记事起就叫物资交流大会。但早年我想应该是祭神赶会的庙集，因在南河口稍下的北岸边有一戏台，建在凸出于河岸的码头上，听老辈人讲戏台就建在原马神庙的旧址上，马神庙由于年久失修颓败荒废，加之解放了，要破旧立新，马神庙就改为戏台了。集会日期定在三月二十九，或是与本城四月初汤庙祭雨的日子有关，只不过后来此含意可能也就只是意会了。会期共是五天，有时要延宕至七天。不仅有请来的上党梆子剧团和游走江湖的马戏团助兴，还有舞枪弄棒卖狗皮膏药的，小孩子们喜爱看的西洋镜。记得摆西洋镜的是个高瘦而狡黠的老头子，在一张桌子上摆几个西洋镜匣，骗得小孩子们几分钱，记得拿五分钱可以看一遍。每当老头不注意时，我们就乘机让同来的伙伴们偷看两眼，或是倒几格回去重看，老头发现时就威胁着要收回镜匣。时正值枯水期，河水也就有几尺或丈宽。两岸，四方商贾云集，卖货的棚子在河床中绵延有二里，人头攒动，热闹非凡。而我们除了看看西洋镜和卖膏药的杂耍外，就是结伴去吃肉丸子。记得每逢赶会大人都要给发一毛或两毛钱去吃肉丸子。那时的普通家庭平时是很难吃到肉的，除了没钱，买肉还要肉票，到过年时或才能分到半斤肉票，所以平时吃肉大体就是拿一毛钱去吃肉丸子，一年也难得有几次。每逢南河口赶会，对小孩来说最高兴的事是吃肉丸子和看戏。大人一般要到正会的二十九那天才发钱的，当看完杂耍或西洋镜后，就在人堆里钻来钻去地找一家卖肉丸的摊子。只见红泥砌的蛤蟆火上，一口热气腾腾的大锅里，除了漂着肉丸子，还有两个大红辣椒和一截大葱白相配，不仅香气扑鼻，令人垂涎欲滴，还煞是好看。我们小心翼翼地递上已经被捏得汗湿的一角钱，咽一下口水，对卖肉丸子的说要吃五分钱的肉丸。当时卖肉丸有个讲究，回民铺子卖的一角钱十个，而汉人铺子卖一角钱十二个，所以花五分钱便可以吃到五个或六个丸子。因回民铺子是纯牛肉，而我们汉民铺子什么肉都用，除猪肉外，马肉，驴肉，骡子肉，老死的，病死的，摔死的都有。说也奇怪，尽管如此，那时很少听说有吃死人的，不像今天，不是口蹄疫，就是禽流感，不是注水肉，就是瘦肉精，常常搞得人心惶惶。吃五个或六个肉丸子，我们常常要添两次汤，最后一个久久也舍不得吃下去。或许还要再添一次。吃完后又跑去另一家，如法又炮制一通。现在想来也是童年的一点苦中之趣吧。

南河口的戏台建于新中国成立初，阳城是老区，抗战结束就建立了新政权，戏台为新政所建，大约建于一九四六年或一九四七年间。从外观上看还是一个很大气的戏台，台前有石柱高挺，廊檐飞挂。虽经历几十年风雨，还依稀可见当年雕梁画栋之风采。雄居于小河北岸凸出于河道上的一个大码头上，更显其高大气派。舞台后两边各有一拱形小门通往后台，后台有一条走廊，与两间演员的化妆间相隔。从布局和设置来看也颇具匠心，不仅功能齐全，而且配置合理。恐在本县近代戏台中也属一流。可惜在前些年的建城扩路中被拆去了，一点痕迹也没留下。每年南河口赶会唱戏都是我们的盛大节日，虽然没有钱，能看五分钟的“解放戏” 也是很兴奋，很过瘾的。想来从那个时代过来的人对于看“解放戏”是不陌生的。何谓“解放戏”？就是在终场前的几分钟，把守戏园子的人放开大门，把那些聚在门口没有钱买票，专等着看末场戏的人放进去。想象丰富的人就冠以新词“解放”二字为“解放戏”。由于是临近终场，戏台上除了震耳欲聋的锣鼓声外，那些穿靴的、扎靠的众将官，已是乱哄哄地打作一团，令人眼花缭乱，但也很是让人兴奋。也算让没钱看戏的人过一把戏瘾，我想也许是戏班子对穷人的一种怜悯和施舍吧。所以门口候着的人和我们这些小孩子，总是央求和怂恿守门的人早些“解放”。“解放”得早则欢呼声一片，反之则要暗暗地骂上几声。

那会儿唱戏时，剧团或戏班子要先在戏台下的河道里，用很宽很长的白布围二三亩大的场子，白布围子有一丈多高，总之要外面的人看不到在台子上唱戏的演员。当然还要在侧面留一个也用白布遮着的口子，设把守二三人，收票放行。在距布围子外面五尺远的地方又要拉上一道，用筷子般粗细的绳子结成的网，也有五尺来高，防止没钱看戏的人往进钻。在布围子和绳网之间，还布有三五人专事流动巡视。每逢开场时，我们小伙伴们便聚在绳网周围，趁巡视员不注意或背过去看其他方向时，由两个人掀起绳网，其他人做掩护，一个人伺机钻过绳网，飞快地跨过空地，从布围子下面钻了进去，混入了看戏的人群。只要我们钻进布围子，巡视员倒也不穷追。所以我们像打游击一样，东头钻完西头钻，搞得巡视员疲于奔命，就这样一个个都混进了戏园子。当然也有被捉住的时候，捉住了也就是把你再从绳网下面赶出来，顶多是让你在绳网边上站着做一会儿看守再打发出来。但我们往往又趁他松懈时不是钻进里边，就是钻出外边，巡查员也奈何不得。其实我们钻进去也不全为看戏，第一因不懂剧情，也不愿看那“咿咿呀呀”的文戏，其次因那时看戏都是站着看，我们个子矮除了看到满场的人腿，也顶多只能看到演员背后插的旗子，和帽子上的翅子及长长的羽毛，所以也就是在里面疯玩疯跑而已。有时也从人堆里钻到台前，涉过从戏台下码头边流淌的小河，（因有时候小河是从戏台下流过的）攀着码头上凸出的石头，爬到舞台边上，看看演员拿的刀枪斧戟是真是假，看被斩杀的人是否真的死了，看一看武生们是如何翻筋斗，窥一窥演员到底在后台干些啥，总之是好奇和好玩极了。也有时，小河是从戏围子的外边流过，巡视员看守又严密的话，那就只好等着看"解放戏"了。或有时也爬到河南岸的树杈子上去看，当然是只能看见一些模糊和缩小了的彩色人影，在戏台上进进出出你方唱罢我登场。但，戏台上咚咚锵锵的锣鼓声，和着那旦角的凄婉，老生的苍凉，还有武生们的大吼大叫声，在清爽的夜风中像从天上飘来一般，也别有一番风致。想来这也是在那困苦的岁月里我难以忘怀的，儿时最无忧无虑的稚趣生活的回忆了。

小河再往下一里多，就要并入濩泽河了，河道渐渐变得阔而野，也渐渐退却了它秀美迷人的风韵，而增添了粗犷。但见识它无边无际的汪洋一片，与惊天动地的巨浪排空则已是后话。听说小河要整修改造了，不知没有流水的河是否还能称为河。不过能清除了积淤多年的污泥，和冒着臭气的浊水，不再滋生蚊蝇和臭虫，并再添一道风景，给生活增一些亮色，也算有功有德了。

在短促而艰涩的童年生活中，神奇的大自然能赐予我一份精神的欢乐，冥冥中的命运之神能留给我一段美好的回忆，并至今还能收藏于我日渐苍白的脑海里，还要感谢上苍给予我们的博大之爱。

记得小时候，母亲常说我们都是草木之人，草木之人也就是些凡夫俗子，所以说一些市井琐话，写一些市井琐事也是信口诌来，不求登高雅之堂，只求和市井老民们发一段思古之幽情。因不登大雅，无须斧正，尽可大胆假想，而不必去小心求证。

二〇〇九年春

大山的苍凉

一条两米宽的，已结了青苔的路，把我带到了大山深处这个荒芜的村庄，它在山林的尽头。我们是沿着这条结了青苔的路，走着上去的。

虽已是暮春，但路边的山桃花正开得烂漫。除了偶尔的鸟声，一切都是静谧的。连水泥铺的路，到尽头也是没入荒草戛然而止，一点回旋都没有，显露着草草而止的痕迹。再往上仅及踏脚的小路已长满荆棘，隐隐通向不远处千仞山壁上的一条狭缝，想来恐是早年强人出没，或猎户狩猎的通道。几座斑驳的石砌老屋依山根而建，形成村庄。村庄背靠着的千仞山壁上面是有名的圣王坪。传说曾是远古的神农氏和女娲生活的地方，坪下的峡谷有女娲补天炼下的五彩巨石为证。高高的山坪海拔近两千米，方圆数十里是黑色的沃土，虽沃土但不生乔木，连灌木也没有，只有百草和野花，开起来漫山遍野，灿烂极了。不管哪一种颜色的花，都带了一种紫色，统称为胭粉花，五彩缤纷甚是美丽，并带了一种神奇的香味和神秘的气象，多少年来被人们视为神奇之地。

坪的中央有千百年来未见干涸的娘娘池，传说为汤王祈雨之地，所以后人称为圣王坪。坪的周围均为百丈山崖，千仞石壁，只有称为东、南、西、北四门的险隘可通。坪上有沃野数十里，大约在四五十年前，曾经有黄羊、麋鹿、斑豹、野猪成群结队游荡出没，一派天然牧场景象。

坪下面这小小的山庄依山而为，背依圣王坪的西向石壁，有百丈之高。好一道天然屏障啊！村前仅一条通沟小路出山，颇有一夫当关、万夫莫开之气势。而背靠的石壁又有一隐蔽的崖缝通往圣王坪，可为退却守险之备，或聚啸山林，或避祸养息，都是绝好风水之地。村庄最上方，与村庄拉开一点距离，在小路的另一面，更靠近山壁的地方，有座青一色石砌到顶的三层楼房，似碉楼一般，高高矗立着，虽然院墙已倒塌，疯长的茅草已埋过庭阶，但从修建的位置，建筑的规整而言，似乎还保持着昔日山庄统帅的风范。碉楼洞开的窗户似乎还透着警惕的目光，或待击的枪口。从碉楼的位置往下望，青一色的石砌院落依山而上，毗邻交替，错落有致。村庄中的院落有的虽已颓败倒塌，正在被青青的草色淹没，但整体村庄并未形散。走村中小巷，石阶是由同样长满青苔，同样色彩斑斓的石板铺就。整个村庄静静的，那牛哞声、那鸡鸣声、那犬吠声、那猎人喊山的呼应声、那牧童嘹远的歌声，还有那大山的回声，统统不见了，消失了，寂静得只剩下我们自己的声音。

我们沿着石阶缓缓而上，巷口无言的石磨，巷里无人居住的院子，熄灭的灶火，腐朽的落叶，到处呈现荒芜、败落的景象，无不在诉说着被遗弃的悲伤与凄凉。

在一处较整齐的院子外面，想不到竟传出了浓浓的山里女人说话的声音，真好像是来自另一个世界，又像是外婆那消逝已久的古老乡音。院子是一座整洁的四合院，当然也是石砌的，两层的楼房，楼道装有木质的雕花栏杆，院子里除四间正房外，竟还有四间角房，想必主人当年也是富有人家。

说话的声音是在正西面的屋子里，我们循声叩门而入，由于屋顶低矮，屋子里面暗暗的，屋里烧着早年有宽大炉台的火炉，围炉而坐的是一个男性老者，有着铜色的脸庞，看似身体尚健，但看不清年纪。炉台连着的土炕边上坐着一个和善的老婆婆，有八十多岁样子，还穿着油腻的冬衣，旁边卧着一只小小的花猫。地上还站着另一个女人，年轻一些，也许有六十多岁了，她告诉我们说，她是这老两口的邻居，但早已搬到镇上居住，每年春天都回来种地，种完就走了，收获时再回来。村子里像她这样春天还回来种地的人已经很少了，空空如也的村庄在大山里早已不鲜见了。山庄正在被遗弃，大山正在被遗忘。而像两位常年守住在村子里，因年老无力到镇上居住的老人，村庄里也不过剩有三五个而已，他们在等待着自然的消亡。这些更年迈的，甚至把棺材都放好在屋子中间，哪一天感到要走了，就穿好衣服自己躺进去。

两位老人，围炉而坐的老人九十二岁，老婆婆也八十七岁了。男的曾是村医，年轻时上坪采百草制药，身手也曾矫健，在周围三里五村为村人医病，医道也曾高明。老人耳聋，大声询问我们从哪里来。邻居出去后，老太婆开始和我们絮叨她的家事，她说有两个女儿，早已远嫁他乡，已很少进山来看他们了，一个儿子在大山里做小学老师，十多年前遇车祸身亡，儿媳与孙子们早已搬到镇里或城里居住，现在只有孙子每月来一次，送些生活用品。他们依然要劳作，种些粮食和蔬菜以自给。儿子走后虽留有一些抚恤金，但买东西要到二十里外的镇上，他们已无力走出这大山。由于怕看儿媳的脸色，也不愿和儿媳在一起生活。晚年丧子的悲痛，与常年在大山深处的孤独无依，使她的晚境倍感无望和凄凉。她说现在有老头子为伴，是她唯一的依靠和安慰。一丝的柔情自然地在她那苍老的声音中流出，恐怕“爱”也许是他们活下去的唯一理由。孤独而悲凉的晚年生活已似嚼蜡一般，只有那曾经回荡在大山间的情歌，或许是她最美好的记忆。

一切的同情和安慰都显得空洞，我们只能黯然地离去，而把默默的祝福留下，但又能祝福他们什么呢？

这古老的小屋给我留下了深深的印象，低矮、杂乱、温暖而又凄凉，墙上糊着泛黄的报纸，桌子上还放着一台十二寸的旧式电视机，用塑料管子引来的山泉在大缸边上汩汩流着，就像这大山里缓慢流动的日子。那凹凸不平的土炕，承载着他们一生的爱吗？爱或许已随出嫁的女儿、不幸逝去的儿子远去，只留下了难熬的孤寂与深深的无奈。那围炉坐着的老人，那铜色的脸，那无声的沉默，像一尊活的雕像。或许他年轻时有过无数次命运的选择，但最终还是选择了大山，他们和大山的故事，也将成为一段行将就木的历史。那些年轻岁月的记忆，可曾像当年回荡在山谷的情歌已经飘零。当历史注定将随着这老屋被埋葬，一切都将化为尘埃，生命最后的凄凉，或许都是为我们的灵魂在向上苍赎罪。

二〇一七年四月十九日

那株老树

那一株老树，是一株老槐，老得已数不出年轮。树心空空，树身斑驳，斑驳的外皮上长满湿漉漉的青苔，但盘虬的枝干依然青葱摇曳，槐米、槐花、槐角依然按着时间的排序布满枝头，并散着陈年的槐香。之后随风而落，洒在它所荫及的石阶上，屋顶上，一层青白。

它独立生长于这个小山村一条小巷的一角，目之所及无二株。独立于寒秋或是老槐之特性，所见自然生长的老槐都遗世而独立，无伴，不群，独自越千年。只是哗哗啦啦的槐叶相喧，似呢喃，像絮语，无人能懂。

山民应多以山神为敬仰，但也常把老树作为图腾，所以这株树下有时也放着香炉，也有燃剩的清香。枝头上偶也系有几条红布条，以求子，求财，求平安，不知道是它可以向神传达人的愿望，还是它就是神的化身。

看这株老树已有多次，开始是朋友陪我来，后我陪新的朋友来，看得多了，初时的惊喜淡了，却积了愈厚的私情，不可言说的，或言说不出口的。它弯曲而粗粝，有深深的树洞，有惊雷滚过的痕迹，但它不知所云的絮语令人感到宽慰。有一远道而来的夫妇，妻子有疾，平时尚借轮椅，此时也竟能跃级而上，抚树立，心有莫名的喜悦，丈夫用相机为她留下拥抱生命之印迹，甚为感动。

在那条铺着暗红色石板有石阶的小巷中，同样生满青苔，被老树的浓荫遮蔽着，光阴日复一日。偶也有阳光像铜钱似的斑点从层层绿荫中落下，曲折，照不出光柱，只有淡的光晕，光晕里没有象征时间的尘埃飞舞，空气显得清凉而混沌。

小巷里的坡道和台阶，一直通向山壁前，巷中老屋前些年业已荒废，再无人居住。清一色石砌的院落虽落着锁，以证明是有主，但已颓败开始坍塌。院墙已呈齿状，山边的绿植向着坍塌和颓败快速袭来，和齿状院子里突然直起来的草木形成合围，在深秋里成一曲“茅屋为秋风所破歌”。而小巷只留给来看老树的游人流连或驻足。

这个长着老槐的山坳里的小山村叫后寺村，是横河镇的一个自然村落，嵌在中条山的深处，靠着陡峭而嶙峋的山根。周围簇拥着灌木、矮树和葱葱茏茏的草色，温暖、静谧。村头不大的小广场坐着晒太阳的老人，有的不老，有的很老，全都看不清年龄。他们诧异于游人的无所事事，困惑、迷茫。他们都是从人生的战场上退役下来的游勇散兵，从未入过正册，却是真正的土地的儿女，大山的子孙，此刻悠闲、无奈，因不再远行，将终老于故乡，与那株老树为伴。

二〇一九年十月十六日

濩泽水记

濩泽河，是家乡的河，源出县城西的白涧岭下，在嶕峣山下成泽。古称其水深阔盈丈，从不枯竭。《墨子》曾记："舜渔于濩泽"。流经县城后在东南由沁河而引入济水。如今，目睹濩泽河干涸已有数十年，曾经清亮如歌，在虎头山俯瞰如彩练一般美丽的河，只是留在儿时的记忆中。当然，一并消逝的还有浊浪排空的气势。

先是几十年前的凿河造田，把原本浩浩荡荡阔及百米之河造为口粮之田，争它滩涂，让它改道，屈它滔滔之身于二十多米的匝道。尽管筑坝顶高丈余，砌石厚及丈余，还是难屈它桀骜之身，自由之性。终于在一九七三年的麦收时节，它在咆哮声中，腾恶浪，决网罗，似无缰之野骥，肆意地在县城这个小盆地里蹂躏了一番。除县城主街位于千年土城之上沦为临水之孤城外，余皆一片汪洋。水浅处则及魁梧之人腰身，深则三五米不等，置半城市民之居所于飘摇，几近流离。据传：仓皇之中，民兵在人武部的指挥下，炸开了下游坝上所建单孔大桥，以急疏其不断上涨之水势。然而不幸，在决口之时，水势以其特大的虹吸之力不仅带走了满城漂浮之财物，也带走了十几个漂泊于水中之人的性命。他们之中有我街坊之邻，少年之好友，至今犹历历在目，哀哉！痛哉！逝者如斯！死者都是在公社大喇叭的号召下去救大坝，抢麦收的英雄人物，追悼会自然极隆重。挂一排令人赫然的遗像，都冠以重于泰山之名义。如今，泰山之名及大坝已无痕迹，唯有他们的亲人还在忌日烧几张纸钱，泪水涟涟，呼唤魂兮归来！

后几十年来时风转换，以经济为重，但失之无序，且环境破坏之烈，犹超许多人之想象。前些年，在粗放的经济大潮漫过之后，曾经的青山满目，变成绿野无踪，满山赤土。濩泽河也是源断水干徒有河名，只遗垃圾遍野，和污水一沟渠耳。当然，偶遇骤雨，也有浊流如注之瞬时。过时则杂物遍布，疮痍满目。而全无旧时的大水过后，或遗清沙粒粒如米，积数尺之厚，挖一格燃香敬天，以示灵魂之虔诚。捧一掬炒豆充饥，更感香气之扑鼻。或留圆石颗颗如卵，散一滩之多，大如斗，小似珠，或捶衣捣菜，铺路修桥取之不竭。或修城筑寨，盖房垒屋用之不尽。世事变迁或如烟云之轻，时光流转或如沧桑之重，一时天地崩塌，只为时也运也。

今年的八九月间，在濩泽河下游石门口段，凭临河之窗，观濩泽河，或激流汹涌，浪拍两岸，或清亮蜿蜒，涓涓悦耳，竟一月有余未断流也。怦然心中有了一股惊喜之情。水大之时，隐隐也有涛声入耳，沿途或桥或岸，也常有行者驻足，观者云集。有极目远眺者，有惊讶喜悦者，无不呈赏心悦目状。水小之时，更有男女老幼成群，夕阳西下，挽着裤腿下河摸鱼捉鳖，欢声笑语一片。见有一村中六旬老者，着短裤，光脊背，趿一拖鞋，扛一捞网，挑一小桶里荡半桶河水，游几尾小鱼，踩着夕阳投下的影子，哼着旧时的儿歌。看他优哉游哉之状，生活烦恼全抛去九霄，仿佛回到童年之梦中天堂，此忘情之状纵有千金能买否？

前两天上游落雨，濩泽河又续小水。今天又落小雨，水又略大于昨，是天地之云水也。蒙蒙细雨中，望一湾绿水，波光荡漾。看曲曲小溪，清流静静。对岸山上，赤橙青蓝，层林已染秋色，不时有几只戏水的雨雁在平静的河面掠过，又冲向对岸的丛林。薄暮中，水清山紫，似诗情，如画意，甚美，甚喜。了却心中许多无端的烦恼和莫名的忧愁。

想是这些年退耕还林，耗巨资植树，恢复绿被功不可没。还有河道整修，污水净化，垃圾处理工程，洋洋之浩大。初观，坊间虽也有“政绩工程”之诟病。如今观，究竟也是迫在眉睫人类生存环境之大事。但想，耗费钱财也绝非是小数，虽不及恒河沙数，恐也有数亿之巨。浪费流失也时有民间传闻。但又想，能遗部分惠泽百姓，荫留后人，也算无量功德。思及吾辈承受破毁环境代价之巨，不知芸芸众生中能有几人为此疾首痛心，而忧患绵长。

二〇一一年九月记于阳城石门口

老常家的鸽子

我和老常是在一个微信群里认识的，他生性善良，品行端正，胆子小。我常常奇于他对土地的那份情感。他在外工作了三十年，写戏本，做文章，编报纸，也算是舞文弄墨之人，但他家承包分得的七八亩田地没有一沟一垄的闲置和荒芜，利用工作之余整理得精细有条，并结下累累硕果。那双握笔之手也磨得骨骼粗壮，排着层层老茧。进城去，做文化人，逃离农村，鄙夷农村人，种种现代社会观念貌似进步之特征在他身上印迹全无。种地是生活的必需？还是他根植于内心对土地的眷恋？我不辨悲喜。只知谦卑和怜悯是老常人性的主色调。好像世界上再没有比他柔弱之人让他去怜悯了，他特别怜悯于地上的一花一草、一虫一蚁。由于命运多舛，他内心有着深深的自尊，与发自骨子里的倔强，和着一生读书的养成，不卑不亢，深埋在他极谦卑的表象后面，读出他性格的特质，令我极是钦佩。他除了发在微信群里的诗写得别有一番味道外，楹联也写得极工整。田间地头劳作之余，他经常用手机拍一些独特的花花草草，虫虫蚁蚁，并写两行朴实的文字发到群里和朋友圈晒晒，也是一番景致。我那时和他虽未谋面，但从诗文中已是识得他品行几分，私下里常为之感动。

我第一次看到他家的鸽子，是去年麦收时节，我看到他家院子里，一幼小的鸽子依偎而卧于一个大脸盆里，他一岁的小孙女在旁边阳光灿烂地与之辉映而笑。他拍了一张照片放在微信群里。我看那一小小鸽子依偎而卧于脸盆里，全无惊惧之感，以为是他家养家驯之鸽，仰其给食，任其摆布，并不为奇。但还是为他年近七旬，田间万般辛苦劳作之余，尚有养鸽之雅兴，不禁心添默默之温馨。

后来我们渐熟，我常去他家看他，才知他家鸽子并非他驯养的，而是五六年前的一野鸽子自己寻觅落户而来的。鸽子生性不做窝，生在屋檐下梁间的鸽蛋老掉下来，孵不成小鸽子，老常给安置放了一个纸箱子做窝，鸽子才开始孵化。此缘一结就是五六年，每年都有小鸽子出窝，长成就飞走了。老鸽子也不知道是否还是原来那一对，但每年他院子里的楼杆上都会有几次鸽子大聚会。从四面八方飞来的几十只鸽子在他家院子里，叽叽咕咕热闹一天，像开着一场隆重的家族会议。也说不定它们是一大家子，算来每年从他家屋檐下飞出的鸽子也有几十只之多了。

他家的鸽子是野鸽，自己觅食，他并不刻意喂食。去岁冬，他九十多的老母刚去世不久，他悲伤，我便陪他几日。恰逢大雪，怕鸽子无处觅食，我们拿出谷物，小心放于窝边，鸽子处之泰然，也未特别雀跃。他家鸽子也不惧人，连我这个陌生人也不怕，我曾手伸进鸽子窝里摸了摸那幼小的鸽子，鸽子并无惊乱之相，我很是奇怪。当然，动物原本就和人是同类，只是人类后来给自己冠以“高级动物”并吃起了“低级动物”而已。鸽子天性聪慧之至，且能善解人意。古代有军鸽传书，解兵临城下围城之困，救千万人性命于兵火，尚传有千秋佳话。唐诗中的“青鸟殷勤”“鸿雁传书”于沧桑中阅尽人世间多情之事。基督徒的“圣经”中鸽子更是上帝的和平使者，衔橄榄枝于诺亚方舟，滔天洪水中给人以希望和信心，使人类得以繁衍。

鸽子益事多不胜数，我则有感于偌大的村子，几百户人家，鸽子为何独钟于老常家，想是鸽子和老常善良柔弱性情心心相印有所感召吧？冥冥中事又有谁能道明？古人不是有“良禽择木而栖”之论吗？仲尼亦曾曰：“鸟则择木，木岂能择鸟？”想来鸽子择老常家也是择一善良之家而栖吧！

老常家在乡下，离镇子上还有七八里地。以前是个很富庶的大村子。“以前”至少可以追溯到有明以来，甚至再上一个朝代。而且在离村子不远处的牛头山，就有明末乱世之时村中富户集资为村民修建的用以躲避曾横扫中国北方的“义军”兵祸的“牛头寨”为证。该寨子的寨墙为纯石块干垒而成，规模宏大，地势险要，紧靠着沁河的一绕弯处，水面开阔，且深不可涉，就像护城河一般围了半圈，环抱着山上的寨子，而寨子后门有一隐蔽之曲折小道直通河边，不仅到河边取水极为方便，恐泊一条大船，又可取暗度陈仓之计。寨子四周不仅景色壮美，且有百丈绝壁环绕。寨子遗迹虽已是断墙残壁，但寨子门楼依然挺立于峭壁的险峻之处，门首石额题字镌“一方保障”，仍是秀丽清晰。“始建于崇祯五年……”的小字记载，虽已斑斑驳驳，但仍依稀可读。随山势起伏的寨墙其状貌巍峨，无隙可入，易守难攻，亦可窥其设计匠心。依其残存规模看，足可容村人几百，度数月光景，听说村人正在辟为旅游景点加以开发。

村子近况则可述及前五十年，即二十世纪六七十年代，亦是本县有名的产粮大村，官话讲曾是“学大寨的一面红旗”。在那些年轰轰烈烈的运动中，这个村子也曾种出铺天盖地的粮食，来续写着她农耕文明时期的最后辉煌。但如今看其景象已是没落残阳，强弩之末。前些年土地下户后，村子似乎又热闹了一阵子，却已没了往日繁华和荣耀的底气。村子中，那积淀着厚厚的传统农耕文化的老宅、祠堂、庙宇早已年久失修，并经运动毁损，已是大部的破败和荒芜。再望那些看似张牙舞爪、装模作样新建的村居，杂乱无章地向着村子四周野蛮生长蔓延着，以往的那种浸润着传统文化耕读传家精神的厚重之感、古朴之风是一丝不存，印象派看金玉其外，写实者观败絮其内，这就是老常家所在的村子之状貌。

老常家是这村子的一员，房子在老宅群的圈子里边，虽也是前些年新盖的，但是在其祖屋的地基上翻盖的，不属于那些在新的土地上生长起来的房子。生性斯文、怯懦但又倔强的老常，由于不愿给村干部低声下气，连一块盖房的地皮也批不了，硬是夫妻俩把塌下来的祖屋担了出去，又把新的房子挑了进来，还自己花钱买下人家的一块旧宅基地，才合成一个院子，门口道路逼仄连车子也不好进来，弄得妻儿们至今还在埋怨他这户主“无用先生”。

老常家的房子不仅是在老祖宗的房基上盖的，没有跟上时代前进的步伐，没有使用水泥钢筋结构的现代建筑材料，而是上下两层全用了砖木结构，不仅屋顶屋檐是瓦木结构，一层楼板也是传统的砖木结构。由于当时没钱，一层楼板还是在房子住了几年后，才在他供职煤矿领导的关怀下铺上的。尽管是并不时新的砖木结构建房，但老常却把生活做得极是精致，楼板铺得极其工整，椽子是仔细用小刨子溜刮过，刮得精光，不留一点圪丁，椽板尺寸整齐，做工精细，铺排严密，没一点缝隙，无一点粗糙感，看光景他很是下了一番功夫。作为主屋的北房高大宽敞，两根平直的松木主梁，稳稳当当架着一层的楼板，给人以四平八稳之感，每进去都给我一种老旧宅子的感觉，有一种旧时的尊严感。特别是随着岁月的久远，椽板逐渐成古香色，更有了陈年的味道。这也算老常这个农村文化人，为传统农耕文明做的一点传承，或许也是他心底里对传统农耕文化的一种浓浓的恋旧感。

老常是个农民，也是个农村的文化人，一生经历很是坎坷，自小父亲早殁，家庭遭变故，他一直跟着爷爷长大。爷爷成分不好，使他一生备受歧视和打击，屈成了他柔弱的性格。所幸爷爷旧时家境稍好识得诗书，存下家学底子，对他一生影响颇深，老常的一手好楷书就源自爷爷早年的启蒙和指点。“文化大革命”前他考入县城第一中学读过两年，乡下穷孩子，他考得不易，家境艰难，爷爷供他也很不容易，但“文化大革命”开始就辍学了，从此与学校无缘。正因为读了这两年的中学，给他奠定了一些文化基础，正因为出身的卑微，家境的艰难，铸成他一生的刻苦好学，使他能一直从事着游戏于文字之间的高雅工作。早年就在村子里的小剧团参加演出，并学习做业余编剧。种地之余饿着肚子又苦熬了不知多少不眠之夜，挥洒了不知多少汗水，也就积下了不少的文字功夫。后来又到县剧团做了几年临时编剧，也曾与人合作编出一部大戏。后又被家乡煤矿有眼之人聘了回去写材料编报纸，偶尔兴致所至还编点小戏。工作之余常有文章和诗歌见于杂志报端，前些年还集起来印了一本书，取名《家草》，收在县文联出版的丛书中。

老常家院子坐北朝南，门楼高大向阳，简而不陋。门口种着几畦菜蔬和几丛野草养植而成的家草，在朝阳处开着五彩斑斓不知名的小花。在侍弄菜蔬之余，供他对着静静出神或发呆，以寄托他无尽的遐想与柔柔的情思。高高的大门额上题“慎德堂”三字，是老常亲笔写就，烧成琉璃匾额锲于门首，显出稳重端庄。还有门边他自己拟的对联，“常说平静语，时存善良心”，也写照出他善良、温厚之品性，读来常令人心中生出几分绵绵温情。我想，落于他家的鸽子自有解读他善良文弱性情之途径，冥冥中从天外翩翩而来，独落于他家檐下，来伴他晚年岁月，为他多一道世间风景，添一份人生乐趣，排遣他晚年耕读于南山生活之困寂，何不幸哉？

二〇一八年六月十六日夜

“胸无大志”话赵兄

朋友赵兄，本县城关人氏，年过耳顺有三，虽长我近十岁，但是我多年的文友、酒友、侃友。

赵兄案头有一枚闲章，上镌“胸无大志”四字，印章虽不甚精致，质地也极普通，但篆刻圆润古朴，倒也拙雅可观。想他一生为人处世，揣治印时心境，想必也有一番心波意澜。怀此思想，每当念及心底常哑然而笑。

赵兄好书法，写得一手功夫楷书。虽因天资所限，未能成大器，但半生以书字糊口并养家，实不易，也算有成。因而也常使我心生敬意。想芸芸世人，胸怀大志者能有几人，岂不多是自以为胸有大志，而实则不过是为五斗米之忧而碌碌终生之人？或多是虚有大志而不达之人。想朋友以此章自嘲，也确为聪明之人。赵兄出身农家，早年失慈，心地悲苦，家境又极贫寒，没念过多少书，自小在农事劳作之余，能有志学高雅之艺，孜孜以求，持之以恒数十载，并学有所成，也算有志之人。想当初写秃之笔，耗纸费墨也不在少数。对于那个年代的极贫家境，也须有大毅力支撑才行。记得年前去看他，他老眼昏花，还在用小楷字抄录《唐诗三百首》，引酒友们一番感叹。观赵兄之所成，也算应了“有志者事竟成”那句老话。

赵兄自号为“闲散人”，居所题“闲散居”。观其一生也确为“胸无大志”性情散淡之人，一生受不得半点拘束。改革开放之初，即脱离生产队桎梏，以自由人身份谋生。自由自在，以字换酒喝，以艺换钱花，自得其乐也算潇洒。虽然有时也应朋友之邀，或举荐，在某公司任职谋事，做一些写写画画和工艺广告设计制作类工作。尽管悟性也算较高，技艺也尚属出众，但终因受不得“鸟气”而自弃或被弃。他也常自诩为我们村里第一臭嘴，实则应为丑嘴。其实只是生性幽默诙谐，说话口没遮拦而已。虽然言语行为看似放浪，其实是天性率真，性似顽童。常以嘲弄他人，敲打他人为乐事。即使朋友相聚、闲侃，也尖酸刻薄非讽即刺，常令有钱之人或一官半职之人下不得台面而避让三舍。而他却全然不顾或不知，自为取乐之事。但他又实则是性情坦率无坏心眼，加之善屈伸，能婉转，所以大家又笑、又气、又无办法，也只能不理会他而已。

赵兄一生好酒色，且三教九流，交友甚广。朋友间相聚必讨酒吃。席间常常豪饮七八两也无醉意，实在令我等汗颜。说到好色，赵兄也确为风流之徒。年轻时一表人才风流倜傥，至今流风余韵犹存。赵兄好书法，且粗通音律。也好读一些小说，并有一口伶牙俐齿，常有书中言情章节从他口中娓娓道来，所以拈花惹草，得来全不费功夫。赵兄也是真风流之人，虽风流，但不藏、不掖，并不惧绯闻流言，常自述其风流韵事，并评价所遇怀女子，侃侃道来全无猥琐之相、局促之意，也算朋友间相聚闲侃时的一道风景。我想朋友一生风流而无流言，是他自己先把流言道给了别人，也就没给别人流言的机会而已。所以他常做荒唐事，而又从未被荒唐事缠身。且难得赵兄是家有贤妻，宽厚待他，才后院不乱。赵兄对老妻更是不离不弃，且是情至所衷，恩爱有加。其妻卧病在床十载有余，赵兄独立承担，少有殃及儿女。众目之下，多有不解。饮食起居求医问药他也从不计嫌烦，辛苦受累不说，更是费尽所积钱财，而十余载从无怨言，实令常人不及。并常言说，现在才体会到老妻一生照顾自己之艰辛不易。天性善良之言，实难能可贵。

赵兄曾送我一幅字轴，书“淡泊”二字，钤之“胸无大志”之印，我很喜欢，并悬于陋室。世事烦劳之余，常凝视默想，给自己嘈杂的心注一道清流。荡污浊拂尘埃，使自己的心能归于平淡，得以修养性情。并从中体会赵兄一介平民达观练达之心胸。

我常想，能有赵兄这般“胸无大志”之友人，平添许多生活乐趣，也算人生之幸事。

二○○七年五月

板　头

板头死了，他是我儿时的伙伴。我是几个月后才听到的。心的深处被狠狠震撼了一下，寒寒的。尽管他是个卑微到尘土里的农民，尽管普天下正是艳阳高照，熙熙攘攘，我还是感到几许寒意。

板头与我同龄，大概十一二岁的样子，我们一起在生产队劳动。寒假，推着独轮小车，在“学大寨”的运动中，冒着刺骨寒风，饿着肚子，在河滩上推土造地。板头是一把推独轮车的好手，跑得最快，用一把锋利的小锹铲土装车，装得也最快。每次装完都在小车上尖尖的土堆上使劲拍一下，拍成平头。那架势也曾豪气十足，我们都很羡慕，所以监工的队长从不称他的车。他也理个平平板板的寸头，和小车上的土堆互相辉映成趣。“板头”的绰号也由此得成大名，本名也就没人记起了。尽管才这般小小年纪，由于精明机灵，每天挣的工分几乎赶上大人（大人不推小车，是用箩筐挑），常引得别的孩子和家长的嫉妒。

随着逐渐长大，板头又多一项副业，下午收工后去家门口的饭店做帮工。洗碗，洗菜，偶尔也偷师学艺，是没有工资的，就是能混饭店打烊时大师傅赏的一碗饭。在饥饿的年头，这却是很要紧的。还有，在我们这些饥肠辘辘的小伙伴面前，是何等的荣耀，何等有面子啊！饭店是国营的，吃饭要粮票，绝大部分农民的口袋都空空如也，所以饭店食客也常是寥寥。我们只有在每个月底生产队发了份子钱，父母给两毛零花钱作为已能挣工分的奖赏时，才有机会去那里吃一碗“川汤”，连面也加不上，就是因为没有粮票。我想这绝不是那个时代的人愿意怀念和回忆的。当然怀念和怀旧是两码事，不怀念和不愿回忆是因为饿得不堪回首。而怀旧是因曾有过青春岁月，似心灵鸡汤，去抚慰那心灵的创伤。我们要去饭店吃这碗“川汤”，还要等到窥见板头有了掌勺的机会。板头会有意无意间多给我们放一片极薄的肉片，或一个极小的肉丸子，或几根粉条。此时，他从不看我们一眼，免有徇私之嫌，弄得我们很有点感激涕零。由于有在饭店帮工的经历，板头在改革开放后，还在村里开的饭店执大师傅业多年，一直做到饭店倒闭，也算圆了当年做厨师的梦。

那些年我忙于东奔西走，断了和他的联系，也淡了与他的情分。再看见他时，五十岁的板头已失去他年轻时曾有过的精明强干。他半驼着背，眯着一双浑浊的眼睛似昏昏欲睡，是一副极猥琐的样子。油油的衣服荡在他疲弱的身上，板板的小平头已成一窝杂乱的草，拉着一板车，卖水果，懒懒散散的，见了我也只是讪讪地笑。聊了两句便说：给弄瓶酒喝喝嘛。从我手中拿了十元钱转身进了桥头小卖店，二两半装的小瓶二锅头买了两瓶，拧开，一仰而尽，再拧，再一仰，只是这次结束得缓些，还慢慢“咕嘟”了两声，直到最后一滴酒滴进喉咙，才把找回的钱递我。马上，满足的眼中才稍有精神，脸上还是讪讪地略显尴尬地笑。时值上午九时，我不忍睹，忙匆匆离去。

后听他说，由于早些年体力透支，身体每况愈下。失业伴着家庭生活的种种不顺，早已失年轻时的精气神，只靠着酒精麻醉和支撑。见到熟人索酒喝已是常事，每遇见则给他五元，让他喝上两口，以解他嗜酒之瘾。

又隔数年，再遇是在一路边的早餐摊点上，听说是他女儿开办的，卖羊汤和油条。他正帮忙炸油条，六十岁的他更老了，背更驼了，人也缩了一圈。正值早饭时分，简易的棚子下有几个吃饭的人，我说要买几根油条带回家。他赶忙拿袋子把刚出锅的几根油条装袋让我带走。我付了钱正待走开，旁边一年轻女子对他竟大爆粗口，怪他不先给棚子里喝羊汤的人上油条，而先给我拿。我好生尴尬。犹豫中，他并不辩，却固执让我走，我只好拿了尽快离去。听说是他离了婚的女儿，因生活困顿而常常怪他不争。看情势，女儿的恶语相向并全不顾忌已是常态，他未给子女创下家产，又无退休金可养老，家中再无地位尊严。我心中不禁凄凉，早年精明机灵的板头为何落得如此地步？

想想他死了，心中一震过后，不禁舒了口气。做人的卑微，生活的困顿，女儿的恶语相向，酒精的煎熬难耐，一瞬间都可以放下了。板头，我儿时的朋友，生活对你来说难道不是“寿则辱”？在天堂或许你还会是那个年轻机灵的板头，或许会吧？你的天堂本应在这朗朗人间啊！想起板头，我的心就添上沉沉的重感，他是农村老人的一个缩影，这个繁华明朗的世界，何时才能给他们温暖与尊严？

二〇一七年三月

老憨往事

相貌，面阔耳肥，常有憨态，乳名小憨，年长为老憨，时已过天命之年。是为生意中人，时也常有人称憨总。五年前已破产，撑着，待奇迹与命运之转机，只是天意高远，恐难测运来何时，不知他心中焦否？

某日来访，或为解心中之烦，和我感慨一番那些峥嵘岁月之往事，大有“白头宫女说玄宗”的意味。褪去了八面风光且总是匆匆的行色，没有了宏大叙事的资格和场景，他神情有些寂寥和凄凉。那几年他也赚下过不少的钱，堆在家里都“懒得去数”。如今生意败落债台之高筑几何？无人能晓。但他为精明之人，定有狡兔之计谋，至多为瘦下的骆驼吧。况那面阔耳肥之憨状未见得有多少憔悴之相，亦为例证。一片厂房和一幢办公楼，虽说被银行及债主们扣押着，奈何陷粥僧之争，又搬它不动，也无奈他人地头，强人不得，他依然派人把守，以图东山。他乃好大之人，在时风鼓动之下，本是平淡的一个小企业他竟搬弄出奢华的光芒，随后又像一个扎了刺的气球在不经意间瘪得无声无息。这一场热闹的人生赌局，背后或许有着许多他难以言说的隐情，但他也着实是在世人面前风光了一把。开业剪彩声势之浩浩，光大戏就唱了好几天，贵或不贵的客人站了一大台子，一拨又一拨吃着流水的筵席。乡人络绎，除看大戏外，并派各色礼盒，川流如同庙集。他也算衣锦还乡故里显赫一番，但终是力所不及，眼花缭乱的一番游戏过后，很快就幕落声掩遗了满地鸡毛，他又一次落窘迫之境，人散茶凉。

他是一个能伸屈之人，这是二度潮落。上次落魄之时，曾隐于省府大医院当清厕工，家人寻迹至，他羞愧，无颜江东，蒙面缩厕拒出，后不忍母悲而出，大恸，母子泪水涟涟。不知后来如何反转，但他又婚的老婆大他许多，一场姐弟之恋情曾令很多人侧目，但据说其前夫做过某钱庄或正或副的掌门，不知背后故事是否如游园惊梦一般。他是为困境的权宜之谋？还是遇着了患难与共之真情？不得而知。总之他那次的转身华丽而神秘，虽说太阳底下无新鲜事，但他讳莫，人们只是在心中笑笑、背后窃窃而已。

他面有憨相却很是有些精明，不说绝顶也是拔萃之人，本应不在早早出局之列，却在风起青萍之时，就急急败下阵来。究其根本，还是未识得江湖大势之所致。四年多过去了，败落之初从头再来的干云之豪气已在消殆，显得絮叨的话语中透出一丝苍凉之气，令我不免心生狐悲，是悯人乎？还是悲已乎？

五年时光瞬时而过，人生事如飘蓬，只道是梦里南柯。数年前他置于山中的别墅落成之时，曾见他，处处春风拂面，日日宾至如云。豪华公馆藏云海茫茫清凉胜境之地，门前有石上清泉，屋后是松间明月，廊柱上的红灯笼在夜的清风中飘忽，恍若仙境。清晨的薄雾里散着山果的沁心之香，挂在山壁上过夜的羚羊在雾气中时隐时现，青山翠薇，小瀑飞溅，意归南山，迹寻五柳，别有一番之景致。两层的小楼排布数间客房，内置宽阔的茶台，书案上有纸砚笔墨充作附庸，奢而有致。外矗高高的楼阁，临深涧能极目远眺可静凡心，犹如画景。我也有幸成为他的客人曾受邀到此一游。如此风水宝地之大杰作必有高人筹划，但蹈极奢而衰之覆辙为业界人亦嫉且垢。听他说为折顶债务已早易他人手，落得为人作嫁之大痛他不愿多提及，我亦无言以慰，只好默默。

老憨虽是个粗鲁之人，也自嘲识得的石灰字没有几个，但他颇谙人性，心思聪敏。行事亦大方，且不拘于小节，为人也算仗义。这一切都藏于他那憨憨的面相后面从不着痕迹，常令人所轻。我曾去给他陪过一位官府中人，原因是我曾被本地某个自吹自擂的企业协会举为会长，他以此把我看作是有点文化的人，能和他请的官府中人聊点文化之类以助其兴，其实他不解，商人常为府中人所鄙，是不屑的。商人嘛！当命运把你抛进这个不清不白的行当，你的身上就涂了难以改变的底色，令世人明里所鄙暗亦所好的铜钱之气亦终生难洗。与旧时上海滩的杜氏可有一比，飘一袭长衫，袖一把折扇，装得一副先生模样，其实他对文化人也是有着诚意的追慕和景仰，但这些能洗白他上海滩黑道的底色吗？前两年，逢盛世年华大兴古道之风，草根出身的商人们，既有着金钱的怂恿，也有着传统文化一时风起的鼓舞，为去掉自己“非奸即诈”“薄情寡义”的商人底色，急着要对自己进行文化的掩盖或包装。使得形形色色高价的或天价的培训班、进修班随势而生，如风云激荡，教授们动辄以大师称，商人们则一律尊为儒商，张口不是秦皇汉武就是孔孟之文章，成一时时尚之潮流在商界浩浩荡荡。老憨亦为时下世风所吸引或裹挟，也赶紧花着上百万去那些冠着各种名堂的“总裁培训班”又是镀金，又是联谊，听他说与同学去美利坚游了一趟学就花了好几十万，如此的阔绰我听着都替他心疼。不过老憨的工厂开业剪彩时，那些大款同学来了一大帮站台，也算给足了老憨面子。

我那次给他陪的客人是市里一个不大不小的官员，喜好着商人的钱，而鄙视着钱的主人。恐也只想着拿了钱就赶紧走人，心神不安连饭也吃得草草。席间多是以酒盖面的敷衍，恐一直在惦着那些钱，文化只好……而老憨则在诚惶诚恐地维持着场面，或许还憧憬着他这次播下的万千希望之种子，好鸡生蛋，蛋生鸡。这条途径他已轻车熟路，以为掌握了获取财富的秘密，就可玩江湖于掌间。其实他知其一，不解其二，只知小江湖偏安一隅之风景独好，而不识大江湖暗流涌动的瞬间万变，风头正劲之时，临深履薄之戒亦忘于脑后。此番光景就由于时间节点的错位，恐只能沦为上帝的一个玩笑，而于他却是生命不能承受之重，我想此时他要为自己那一时的昏庸所后悔吧。

我问及他近况如何，他言不及义、云山雾绕描述了一番。反而和我说起了前年落马的一个官员和他如何亲近，顺带出一些他们之间的逸闻趣事。并翻出前年春节时他们互致问候的短信之类让我看，口气之亲密让我深感惊诧，惊诧于此等不大不小的官员也曾显贵为一方强势人物，竟能给老憨这等粗人下士如此之礼遇，出乎我意料。我也惊诧于一年前的短信他竟保存至今，还拿出显摆，令人顿而生厌。老憨还说，尽管领导已是时过境迁落魄之人，而且刚从押地放归，但同为天涯沦落，他依然奉为知己未有薄凉，我不辨真伪。但老憨的虔诚或义气一点也不感动我，反倒让我感到他的愚蠢和无可救药。

壶里的茶又淡下去时，他识趣地有了告辞之意。我留他饭，他摇了摇头，一口吞下了杯里沉的剩茶，全无了当年在山间别墅向我展示茶道艺技时的高雅和神随意然，尽管当年我也觉得他仿出的“雅”有点滑稽。我问他欠得多少债务，他支支吾吾，只说如能在有生之年把所欠债务还清，他有一天闭眼时也好心安，或也算是良心未泯的肺腑言，也是我今天听到的一句受用之言。我给他点了个赞，让他心里舒展一点吧。问及生活是否局促，并告之，有为难时尚有一箪相助之力，他笑笑说尚不至此，让我宽心。

告辞时他不让我送，我只好在办公室门口看着他宽宽松松的身体在长长的楼道摇摇晃晃走过。他曾经是尊熊腰虎背之相，宽大的八字脚呼呼生风能横扫一切，如今摇摇晃晃似有蹒跚，看来金钱虽不万能，确是一个人生活的底气。

二〇二〇年一月二十四日初稿

二〇二〇年二月十日改定

男人你为什么哭

老话说：男儿有泪不轻弹，只是未到伤心处。话倒在理，但我总觉得有点做作和轻飘飘的感觉。我理想中男人的哭应当是铭心刻骨的，一种是在没有人的地方号啕大哭，哭完之后把血和着被打掉的牙咽下去，再爬起来。还有一种是情到深处那种感天动地的莫名恸哭。绝不是女人那种伤心欲绝要死要活的样子。

记得在二十世纪七十年代末，某杂志发起的一场关于“人生意义”的大讨论中，有一封读者来信中说道：他在陕北的黄土高原插队，看到陕北农村在新中国成立二十多年后，农民的生存状态还近乎原始所引发的那种极大的悲愤，所激发出的那种以天下为己任的悲悯情怀，使他曾站在黄土高坡上的旷野中，对着滔滔的黄河大放悲声。我想这就是那种感天动地莫名的恸哭。是那个时代的一份情怀，也是这种情怀推动了改革开放的潮流波宽浪阔。我一直记忆至今。

有两个男人的哭，虽不是我理想中男人的哭，但还是在我的心灵上刻下了很深的痕迹。而这两个男人的哭都与我曾经历过的饥饿年代有关。饥饿是那个时代深深刻在我们这代人骨子里的印记，不堪回首，也不随风飘散，正所谓“往事并不如烟”。

一次是我十七岁那年冬天，一九七〇年代的腊月，又是一个饥馑的年头。当时正值全民皆兵“备战、备荒”“深挖洞、广积粮”的年代，我正在做着生产队的民兵排长，寒冬腊月天寒地冻还要到一条叫走马岭的山脊上去巡逻。背着一条抗战的胜利品，日产的“三八大盖”步枪，如果想装几粒子弹的话，那时也随时都可以找到，得来全不费功夫的。以至今天每当我看到城市街头拿棍棒叉子的防暴警察时，总感觉到怪怪的。什么年头了，冷兵器又派用场！想科技已是无所不能，难道唯人性亘古不能胜之？现时是防暴，那时是防阶级敌人的破坏。不知道在西北风的呼号声中，那光秃秃的山岭有什么好破坏的。

走马岭是一条东西向的山脊，有十多里长，东起我所居住的村子背后，向西没入中条山余脉的沟沟壑壑中。传说因古时长平之战秦将白起的兵马路过而得名。山脊的一侧有一条不长的沟叫“好汉沟”，名字莫名其妙的好听，沟约有二里，不长也不深。沟中散着几丘野坟和几丛在寒风中瑟瑟的白色蒿草，在孤寂无人的旷野中显得冷森森的。沟沿上一条弯曲的羊肠道，恍惚向沟外动感地扭动着。冬天的傍晚，寒冷而沉重的天空灰蒙蒙的，沟沿上看似动感的羊肠小道上，一个衣衫破旧单薄在冷风中瑟缩着的中年男子，用勾担（扁担两头安了铁钩子的工具）担了两只用旧报纸把里面裱糊了的，称之为“篼”的荆条编的篮子。里面小心翼翼摞着约有几十把白白细细的上好挂面。男子单单的裤子被风吹贴在腿上，越发显得细瘦的躯体迈着沉重的步履，一边走着，一边在细声无力地抽泣着，哀伤、恓惶，在这凄寒的旷野更显凄寒。他一边走一边还用那毛了边的袖口擦着眼泪，也许还有由于天寒而流出的鼻涕。他倒不见得有很深的痛楚，只是极度的哀伤。这个中年的男人你为何而哭啊？那一担上等的好挂面，是你们家过年买的食物吗？在那个年月，你能吃到这等上好挂面是何等的幸福啊！你为什么哭泣，为什么在这凛冽的寒风中，在这荒山野岭中，在这即将进入除夕的时候，哀哀地哭泣。难道是为饥寒交迫吗？我盯着他看，他也没有在意，依然在抽泣着，只是把担子换了个肩膀，继续在黄昏中的小路上向沟外走去。他抽泣的背影在我的眼中渐渐模糊，但我还是能感觉到他肩头的悸动。我突然间感觉到他模糊的背影在幻化，渐渐的幻化成了我的父亲，幻化成我的父亲走在乡间小路，担着诸如此类的东西，那是用我们全家过年分到的小麦去换成的挂面，再去乡下换成玉米担回来。这般尚能多换得几斤，只为我和嗷嗷待哺的弟妹们能多有几日果腹。

我仿佛看到父亲也是在没有人的山沟里哀哀地哭泣，或是滔滔号哭。我立定在这冷冷的沟中，在幻化中，目送着他抽搐着的背影在寒风中远去，远去……

另一个男人的哭，只是听他说起过，是我的一个远房亲戚。在现今已能吃饱饭的年代，一次偶遇他给了我一番诉说。诉说他十二岁初踏入人生时的一段往事。那时他刚从小学辍学回家，除了每天一两毛钱的生产队工分无以为生。父亲让他偷偷去乡下卖菜换粮，以缓解家中断炊之苦。因他还是个小孩子，容易成为割"资本主义尾巴"的漏网之鱼。是父亲头天晚上偷偷去邻村的菜园买好菜，放在家中，还要淋上水，以防蔫了，或重量减轻。凌晨还需要再淋一次水。而后父亲担着这七八十斤的菜，他跟着，父子俩悄无声息地向西绕过县城。过城后父亲又送了二里，才把担子交给了他。沉沉的担子压在他稚嫩的肩膀上，他顿时觉得自己被压矮了几分。等他再回头，父亲早已消失在还没有散去的朦胧夜色中。

他的脚下是一条早年运矿石的土火车道废弃的道基，乱石嶙峋，是一条蜿蜒于半山上炸出的路。在已偃旗息鼓的五八年"大炼钢铁"运动中，这条小火车道和在半道常出轨的小火车，也曾是时代荒唐的一景。如今铁轨和枕木早已被拆去，只遗一条碎石渣铺就的路基延伸了十来公里，不时会被从山坡上松动而落下的滚石阻断。再往山脚下是在乱石滩上雨季中咆哮着的濩泽河。他就是担着青菜在这把脚硌得生疼的碎石上，和山上落下的乱石中危险穿行。他只能借着星星的微光，在濩泽河令人恐惧的咆哮声中吃力前行。在他还不壮实的肩膀上搁着的扁担下，装菜的箩筐来回晃荡，不时磕碰到路中或路边的山石，并摆布着他因缺乏营养而幼小单薄的身体。

第一次出发，父亲给他画好了路线图，一圈转回来要七八十里，父亲却告诉他是六十里。即便是六十里，在他的脑海里也是令人生畏的一个数字，一个漫长的里程。何况还要走村串户把一担青菜换成粮食担回。朦胧的夜色中，他在惊恐中摸索前行。父亲告诉他离他第一个落脚点有十五里，那是他此次商业活动的第一站，也是他可以打尖吃早饭的地方。但他觉得是他人生陌路未知的第一个值得期望的希望驿站。父亲告诉他可以用他担的青菜向乡民换一碗饭吃，唯对此或许他心中还稍有憧憬，但也心怀忐忑。在眼下暮色的笼罩中，恐惧和未知的前路紧紧压迫着他幼小的心灵。没走多远，箩筐上的用酸枣树枝曲成的“圪枝”就被一块棱角锋利的石头碰断，青菜顿时撒了一地，他望着损坏的箩筐和撒了一地的菜，一筹莫展且害怕极了。他大声呼唤父亲，他自己感到声嘶力竭的叫声，轻轻沉没在无边的寥廓中，沉没在濩泽河愤怒的波涛声中。孤独、无助、惊恐一起向他袭来，望着曙色中泛着白光咆哮着的漫泽河，他不禁悲从中来，号啕大哭。不知哭了多久，但父亲终是没有听到他近似绝望的哭声。

他说他的人生之路就是从这悲怆而绝望的号啕大哭中开场。他自己收拾好箩筐，擦干泪水，至此开始了漫漫人生之路的艰难跋涉。他告诉我，从此，无论是在二尺高的小煤窑坑道里挖煤，脊背被磨得鲜血淋淋，只为一天能挣几毛钱；还是因创业中遭人陷害而失败受牢狱之灾，他再也没有哭过，强硬得像一块从那土高炉里炼出的生铁，任着命运的锻击。我不知道该为他悲还是幸？

小人物的记忆也是历史的镜子，也是一粒构建历史大厦的材料。尽管如尘埃般的渺小和卑微。人如蝼蚁，但岂能自甘为蝼蚁。时代更不应把小人物化为蝼蚁，轻视他、碾轧他，而更应予以他们尊严，关怀他、激扬他。我常想起前些年“为中华之崛起而读书”，不知激扬了多少小人物的大时代精神。又到“知识改变命运”在释放人性回归的同时又驱动了多少小人物的个性张扬和生命追求。再到当下“知识不一定能改变命运”的宿命轮回，碾轧了多少小人物的理想于萌芽。从激扬到驱动到碾轧，不知是时代之过还是人之过。虽言不能所及义，但也算我读他们的“哭后感”吧。

二〇一七年十一月十日

老木的心结

老木，余旧友。古稀之寿，已越过五。然心结尚有未解，积郁有年。常期期欲诉于我。某天，日长无聊，与其一约，旨在听其一诉，或也能予他舒一口积胸中之闷气。

上纪丙午，乱象丛起时，他即行伍，一去八载。时值年少风华，人生辉煌尽铸于其中。然八年热血青春，他也努力异常，但徘徘徊徊，终止于组织门槛之前。一枚心结于中，如鲠在喉，愈半纪也。

虽有行伍之荣幸，然天不助焉。入营中刚及年余，正值拳脚大展之时。其兄却结伙为盗，被逮下大狱。犹记亲睹其兄被公开捕于广众睽睽之浩大声势，还展所获赃物一堆。犹如城门之兵燹，累他于池鱼之祸殃。每遇外调政审，别有他因，只此清规，一触即溃，犹如他的魔咒一般。兄服刑数载，至他复员退伍，方释。临别军旅之时，部队官长深有怜他之意，有意抚之。无奈支委会上定夺，又遭乡人所嫉，未添善言，事有功亏。令他一生耿耿于怀。

其常有所怨之言：吾本根正苗红，老父在党三十余龄。然自惭不肖，未能承其衣钵，恐是令老父或不能瞑目于地下。深以为恨恨然。

其父早年进党，本也是一段故事传奇。时有日军驻守阳城，老父即是日警队看守狱卒。警队下乡扫荡，捉得阳南抗日人士三人，中有一人为青帮子弟。县中青帮老大知讯，即通融于警队之首。其队首亦为青帮中人，来阳驻守即拜过县中码头，论过帮中辈分。道上人物多为性情豪杰，恪守帮规，当即诺放青帮弟子一马。谁知此弟子也为气血方刚之人，欲求战友三人同释，否则不出。警队之长踟蹰数日，终未上解。在月黑风高夜，纵虎归山林。忠于本帮义气，亦守了我华人之气节。时值守狱卒正是其父。出狱领头之人不明就里，误以为是其大义壮举。执掌地方政权后，图报于救命之恩，即发展为中共党员。此中原委，由于其父深匿于中，并无人知晓。“文化大革命”中清理队伍，当年要人已在省城任职，造反派查其历史，追其当年出狱事因。凡儿经周折，幸遇当事者青帮佬尚有健在，出面书证，方明原委。

老木解甲之时，战备风气正浓，他有军伍情结，亦积极热心于民兵事务。任队里民兵营干多年，仍是矢志于一颗红心。后又任生产队长，也竭尽全力追求进步，积极申请进党。但遇事又愚于其直，因队里一桩公共事务恼于顶头上司，入党事又归于零，仿佛中了西西弗斯石头之咒语。随即改革开放，世事大变，前朝旧事，已成明日黄花。从此他即大失所望，渐渐容德不修，变得粗鄙起来。

二十世纪八十年代，生产队作鸟兽散，他即无有了用武之地。然而心结未曾消解，仍是终日惑惑。后儿子从军，又孙子行伍，从军者三代，也终未完成其夙愿，更令他愤慨。说到气急之处，指那块以示光荣的黄色牌子说了句粗语，令我心中唏嘘，甚为憾然。

他于乡里主持民兵，我们一度年轻义气，吆五喝六混得火热。他那时尚能心地敞亮，也能披肝沥胆。记得我们常携着民兵武库中二战时旧枪械，弄些弹药，于荒沟中乱放，年少而戏游，乃苦中作乐。也曾于冬夜漫漫，弄土酒二斤，就着白菜泡老醋，晕天雾地豪言壮语一番。如今他形象粗鄙，衣着邋遢，满口怨词，全消没了当年的豪情和血性。唏嘘！我心悲哉！

虽心结郁于入党事宜不解，但他赴京上访之由却令我大吃一惊，是积了一辈子的孔方兄被一企业骗去之事。随着被遣返两次，无望中又开始面临县中上访妻子瘫痪后的低保及宅基地问题。可终归是内心懦弱之人，并持着正派人之底线。恐连劝访遣返人员都看他不起。至多在被他闹得不耐烦时，略施蝇头之微利打发，而他居然受了，说不能便宜了那班污吏。唉！不禁心中顿生出悲中寒意。

似无话间，他又出卑语：弟常舞文弄墨，不知行状能否润色？我劝曰：一把年纪，行将就木，平安即是福。他却给我历数入党之利益，列了种种，令我瞠目大跌了眼镜。再者是，犹看重党日节庆之荣耀，和水杯背心之礼品。又举了牛毛多的例子。于中悲自己命薄，叹错失人生机缘。我则牙根酸酸，犹如嚼了一粒梅核。

没几日，他即拿来厚厚一摞诉其低保及宅地的材料让我润色，即令我头大。便劝于他，此等小事无须上访，和村中人物处好关系即可通融。但他言语支吾，面有难色，说自己说过切齿之话语，回旋之地已很逼仄。又转说托我给村干说情，或是送礼，我劝他快快打住。但又不忍看他失望之窘状，只好劝他去相关有司，先解决老妻的低保。他自言自语喃喃道：能行吗？临走之时，还似心有不甘，欲言又止。我深知其心结之所在，只好又开导他，如孙子日后努力上进，你们祖孙四代也算前仆后继。他睁着大眼睛，却无精神气，满目怅怅然。

流年似水光阴只是转瞬，看他却垂垂已朽老，当年的意气全无了踪影。不知是天道不公，还是命运不济，为入党之事业，他五十余载孜孜以求索，命运却总让他擦身而远。我心味杂陈。唉！

旧日的朋友！我的三寸之饶舌、无用之话语，岂能解去你五十载郁郁之心结！

二〇二〇年十月六日

人物小记

“音乐人”老莫

老莫其实是吕姓，老莫是其笔名或艺名。早年老莫在本市大型国企所属文工团供职，任乐队领衔。据说曾获过全国作曲类奖项，所以常常自负得很。自称当年常在领导面前摆艺术家的谱。可能领导有涵养，不和他一般见识罢。

退休后老莫弃乐攻棋，自谓已成业余三段，且沾沾自喜。早前未入段前写有《低手论棋》一文，调侃棋界高手，以浇自家心中之块垒。发布于本市文学期刊，在棋文两界颇受好评。

老莫个子高挑，面目白净，五观也端正，昔日风韵一度堪当风流文青，曾多有美女青睐。后即有青年歌手续了二任夫人，倒也门户当对、琴瑟和鸣，老莫陪着在歌舞场走穴赚钱，流连多年。

朋友酒聚，席上常和酒友贫嘴往还，抨击时政犹如愤青状。

且言必称斯为贵，话语中多流有痞气。其实他的大名作家聂尔先生早年就有美文为他大大鼓动了一番，阅之无不动容。然今窥其气象，虽尚能酒饭，但时而漏下一粒，则显其老矣！

“博士”老王

老王“博士”的称谓，我只在某村的一次招商策划晚宴听说。我是随朋友去凑个热闹，乡村饭店夜暮灯昏，面目都不甚清晰。只是朋友含糊其词说老王是来自京城的“博士”，某文化策划公司老总聘来策划村镇文化旅游。此行当多有骗局，总令人侧目。但我觉他品貌似忠厚，言语也不多，不像是会骗钱的主。不知是谁赶着他上架的，果然也就是混了一顿酒足饭饱，便没了下文。

老王是一九八〇年代本市高考文科状元。某名校毕业即被招至某市机关，前程向好。曾以青年才俊相，英俊潇洒貌，形于本城著名作家聂尔先生大笔之下，读之如阅其人，顿生仰慕之感。其后不甘小城寂寞读研于京城名校，因故回原籍散落在了民间。听说早前混迹于资本江湖，在本市证券业一度呼风唤雨，应者如云。但历几番资本市场的腥风血雨，今已是千金散尽面目羞涩，要不也不会去打着“博士”虚名招摇。

宇宙无穷，然盈虚有数，曾风骨清隽翩翩公子的老王，今已是大腹便便，步态蹒跚。曾有几何，他腰别万贯风流倜傥之时，也不乏知己红颜相随。然老之将至却身世飘零。呜呼！萍水相逢，谁悲失路英雄！

“戏迷”小傅

小傅喜唱京戏，唱得有腔有调很有板眼，酒堂饭桌都喜欢露一手。据说先前因公干派驻京城两年，常跑京剧院傍角，始得有真传。

小傅人到中年，在某单位供职，性情散淡。不谋求世俗红尘之进取，却衷于旁门左道三教九流之火热。喜书法多习颜平原《祭侄文稿》。虽未纯青于炉火，却也能道出些真谛。

善泳，结三五退休老干为伍，每年专找江河湖泊，清净水域，嬉波拍浪，清凉一夏。上岸则再聚一桌酒饭，说文唱戏，兴尽方散。

他不仅喜京戏，也迷上党戏，和本市名角为至交。常随了去乡下捧场，实足是戏迷。还对梨园界佚闻趣事，甚是通晓。茶余饭后常大摆龙门，从流派源长，门阀恩怨，到艺人伦乱，男宠隐事尽情道来，令人惊诧，也为朋友酒聚一景。

小傅交游甚广，地及天南海北，人有九等七色，多无攀附之状，为人诚也。

二〇二〇年十一月

林贤治“旷代的忧伤”

《旷代的忧伤》是花城出版社颇有些名气的主编林贤治先生的作品集。著者是定义为随笔的，并在后记中强化了这种随笔的意识与提示，自然是也能读出随笔的味道。尽管著者说他的随笔是“随”得不够的，因“随笔之随，不大易为”，还戏为“解放脚”。

由于这本随笔集的文字颇有些嚼头，延宕了些时日才终于读完。激动、亢奋，于纷纷的思绪中各味杂陈。作者虽大我几岁，但可并列于同时，或也可攀为同道之人。我孤陋，知林贤治先生其人，并第一次读到他的文章或是两年前。作家朋友聂尔赠我的一册他在花城出版社出版的散文集，编在林贤治先生主编的《满天星文丛》。据说林先生很欣赏他的文笔，向他约稿的。文丛的总序是林先生写作的。由于是第一次读到林先生的文章，短短的一篇谈散文的小序，就给了我很强的震撼。他以五四时代的话语风格，用激烈的态度扫荡着中国千年来文风的弊端。因对他的文字甚是喜欢，所以这两年就陆续地买了他几本书，但一直没静下来读，今春疫情宅家才选了这本《旷代的忧伤》闲读。

历史总是要在一个时代的人身上打下深深的烙印。而在他这一类人身上烙下的时代烙印犹深。有些甚至是时代的锥刺，深深扎在皮肉里、骨头上。用另一位作家的话说是“剥了皮也拔不出来的”。

我们这一时代的人是读着宣扬国际共产主义的小册子长大的。那些小册子赋予我们的是一种革命的英雄主义理想和情怀，是一种经早期共产国际运动的传播和放大了的英雄主义情怀。所以林贤治先生书中写了那么多的英雄人物，而且很多都是早期国际共运的英雄人物，或同时代为无产者解放呐喊、探索和奋斗的优秀人物，或者说是优秀的知识分子代表。有些人物就是在更早期就奠定着国际共运的基石，催生着国际共产主义运动。作者在他的笔下倾注了极丰富的情感，其实弘扬出的也是充满在他自己身上的英雄主义情怀。应该是那个时代共产国际视野下特有的英雄主义情怀的延续。这种情怀庄严、虔诚而热烈，就像他在《看灵魂》篇中所说“我热爱英雄的灵魂甚于太阳，因为他们庄严，热烈而慷慨的照临常怀感激”。我们这代人就是在这种共产国际运动的太阳般慷慨的照临下长大的。那时，虽然说共产主义运动在它的诞生地已退入边缘或告别革命，但在古老的东方正冉冉升起，如火如荼。我们这一代人正是沐浴着它慷慨的照临而长成身体和灵魂。

林先生在他的书中热烈赞扬了意大利的第一代共产党人葛兰西，“下决心以强硬的意志，去折磨法西斯的铁窗和镣铐”。这一匹矮小多病而孱弱的囚鹰，其生命的长度只有四十六年，最后的四分之一时间还是在墨索里尼的囚牢里度过。他却是甘愿负着世上最深重的苦难。囚牢、刑罚、疾病、背叛，都没有击垮他以鹰一样的气质载举着理想和信仰前行。

那个著名的德国共产党人卢森堡，作者感念她浴血、浴火的一生，至终还有那一片向晚的玫瑰色的云。她的革命人道主义“那么温暖、柔和、芳渥，如同母性的手掌，女儿的心”。看到被鞭打的驾车的水牛，眼泪也会不觉簌簌地落下来。然而对抗强暴和邪恶，她是“嗜血的罗莎”。连列宁也送她一句名言：鹰有时比鸡飞得低，但鸡永远也飞不了鹰那么高。林先生终是将那本关于卢森堡的小册子送给了念小学的女儿，“自然是冀望她能从中熏沐英雄的女性之光”。这篇文章作者写于一九八九年的元旦，时年他已四十多岁。当他忆起二十多年前那个“热情善感”的青年，被那片玫瑰色云彩的美丽意象所感动时，是又一次怦然焕发出了革命的浪漫主义情怀吗？

当我第三遍读着西蒙娜·薇依时，心头还在涌着一层浓烈的情感波澜。似青春的热血又回到了我的心脏，以至不能自已。西蒙娜·薇依是二十世纪三四十年代的法国左翼思想家。她是无产阶级或工人阶级的思想家和坚定的卫道者。林贤治先生用了长长的篇幅和深沉的热情来诉说这一个悲剧的女英雄。她是一个柔弱的女人，而一生“只为一个无权无势的广大阶级的存在而做一个人的斗争”。一生只为着这一个目标而去苦厄自己，毁灭自己。她永远站在穷人的一边，倾心给予社会底层爱。她柔弱易感，博大温厚。把工资分给穷人，以至自己饿饭，以至吃一枚鸡蛋都感到是特权。她放弃教师职衔和优厚的待遇，去工厂当工人，在肮脏的环境里工作十多个小时或每小时做六百个零件，只为去体验工人阶级的痛苦和屈辱。在战时她甚至为不能和法兰西人民一起受难而焦虑和惭愧。她是共产主义世界里最值得纪念的人，虽然只活了三十四岁。她钦佩马克思，但在对主义的解构中，“而终至于持批判的态度”。她是一个特立独行的侠女子，像一叶会思想的苇草一样脆弱，是穿过黑暗的一束幽光。但黑暗太过浓密，尤其人性的黑暗令人太过沮丧，她过早地被黑暗所吞噬了。她说马克思是被“一种弥赛亚的希望观念迷住了”，其实她又何曾不是，而尤甚。她柔弱，疾病缠身，对革命却有着强烈的向往和参与，积极参与工人运动，自愿奔赴西班牙战场，千方百计要回法国参加抵抗运动等。

读着林贤治先生对西蒙娜·薇依精神的诠释，甚至是倾慕，我思绪万千，正是早期欧洲这些众多的纯洁的思想者对各种思想、主义的探索、实践、碰撞，质疑、修正、选择，才有了西方世界的进步、和平、繁荣。同时，也影响了全人类。

她对工人阶级的爱根植于西方人文主义传统，她痛恨权力对工人阶级的剥夺、统治，哪怕是无产阶级专政的组织或国家。这一切或源于她长期对工人运动、无产阶级政党活动的实践，或是参加西班牙内战看到苏联支持下的红色民兵对马统工人党、对异己分子肆无忌惮的屠杀。她的梦境被粉碎了，像奥威尔一样，她们的政治地图被西班牙内战修改了。

这就是薇依，她要做一个诚实、自由、有尊严的人，她却是卡珊德拉，一个有着神性的人。

在林贤治的眼中，这些早期国际共运的先驱人物绝不是泛泛的历史陈迹，而是依然闪着耀眼光芒的英雄。他透过德国版画家珂勒惠支的版画人物，感受到的是艺术家那“旷代的忧伤”，并深深感伤着他。珂勒惠支的作品是鲁迅先生在二十世纪三十年代就推崇过的，并予以极大的热情。而他更是通过版画家“粗犷而细腻的线条，单纯而丰富的颜色”看到画家博大、慈爱、坚忍、庄严的品格，和坚定、沉着、富于锋芒的气质。犹是“一种如暴风雪驰向大旷野般的强烈的凄怆的诗意”。一个女人用男性的艺术，用雕刀和坚硬的材质表现着“人类弱小而纯良的部分……”看着她的木刻《战争·牺牲》的组画，你马上就被那巨大的旷野般的母性的悲怆所湮没。她是位奴隶的母亲的艺术家，不仅承担着精神上巨大的苦难，还遭受着法西斯当局的迫害。而她持有的仅仅是艺术的力量。

他在书中也极崇尚着奴隶英雄斯巴达克斯“握紧扭断的锁链而躺入血泊”的悲壮。这个悲壮的奴隶英雄，也可以说是无产阶级前锋的先遣，是常常被早期的共产主义者推崇和奉祀的。还有带着人类从火刑架飞向宇宙的布鲁诺，这个中世纪上帝最顽固的叛逆者，为了给我们这些人类的后代偷窃天火，他终是以最坦荡的牺牲，在宗教的火刑架上，被钳着舌头，完成了他的崇高人格。作者笔下对这些高尚的灵魂，和他们飞蛾扑火式热烈的献身行为充满感激和崇仰。而像他这种激烈壮怀披胆沥血的书写怕是在当代已绝种了。我怀疑他在编这册书的时候，是否要把自己的灵魂在暗夜中重新拷问到无地自容，以至血痕斑斑。如果说已境随时迁，或许也是像他所说的那样，浸在珠江河畔清凉如水的夜里，惬意地呷着清香的茉莉花茶，听着时代柔和的小夜曲，心如止水地“隔岸观火”？我则不大相信，如果是，则我心是悲哀的。

在林先生的笔下，那一个个闪烁着历史光芒的英雄，无不是为着奴隶的解放而无私奋斗着的人。伟大的孤独者爱因斯坦，无论在科学的实验室还是政治的场景，永远做无休止孤独的跋涉。

他以一个科学家的身份对抗着背离的祖国，那个被纳粹绑架的祖国，并为着世界和平呼号。伟大的作家托尔斯泰，他不仅仅属于俄罗斯，他是全人类的。他是俄罗斯贵族，但他不甘置身于俄罗斯民族的大旷野之外，他要把自己浸染于俄罗斯民族苦难的气质中。他竟然和青年流放者说："你多么幸福，你为自己的信念受苦。上帝没有赐予我这种幸福……"他一点也不是矫情，他是孩童般的真挚、纯洁。他们是人类苍穹中特别明亮的巨星，但却怀着极度悲悯的情怀，他们的内心柔弱得像一个孩子，无限热爱着底层的人民，孤独地舞动着自己的长矛，终生为他们奋斗着。

俄罗斯——这个与我们有着特殊关系的民族，由于斯拉夫血统，由于宗教，由于欧洲文明的扩张性，它摒弃了地域版图定义的关系，热烈融于欧洲的文明，而拒绝亚洲文明。俄罗斯对我们来说就是侵入者，无论沙皇还是斯大林，无论是版图还是文化。但俄罗斯文学是伟大的，它在十九世纪曾强烈地撞击着黑暗的沙皇统治和落后的农奴制度。林贤治先生是一个过来人，文学的触角是经过苏联文学而到俄罗斯文学的阅读和感受，也给予了我们他学者式的见解，但却是字里行间都充满着诗人感性的热情。他在书中说"十九世纪俄罗斯知识分子的人文思想，是对人类精神发展的一份独特的贡献"。是啊！十九世纪俄罗斯饱受着弥天风雪肆虐之苦的大旷野上，文学是璀璨的，文学家的群星是纷繁的。经过了二十世纪近七十年的又一场弥天风雪，经过了古拉格群岛，经过了流放地，经过了告密、杀戮、饥饿、羞辱和囚禁，我们在俄罗斯文学的天空连微弱的星光都看不到了。

别林斯基在林先生笔下是一个“……在刀斧背下写作而火星迸射的批评诗人”。在十九世纪俄罗斯璀璨的群星中，他三十七岁的生命太短促了，只是一道倏忽间划过的流光，以致就没有进入过我们大多数人的阅读视野。但只需知道另一个著名的作家陀思妥耶夫斯基，仅仅只是在小组集会上朗读过他——别林斯基致果戈理的一封长信，就被沙皇判处死刑，后经向皇后求情才改作十年的苦役和流放。只需知道同时代著名的果戈理、普希金因羞愧而胆怯地常常躲避着他。你就知道俄罗斯十九世纪文学的星空中这个“平民的信使”，在当时崭露着多么“峥嵘的前额”。对于别林斯基，林贤治先生一定有着别一样的感受，他在这里所表达的是一种很极致的情感。这种情感是刻骨的，汹涌的。缘于他们是同类，或他就是别氏的转世或化身。至少他们同是“在荆棘地里耕种的编辑，平民意识的传播者，不屈服的战士”。

是啊！当他发疯般地重新找回一度视若敝履的《涅克拉索夫诗选》时，心情激动得无法言说，只是对友人说了句“这本书应当属于我”。涅克拉索夫是十九世纪中叶俄罗斯的平民诗人，是俄罗斯当时著名的文学园地《现代人》的主编。他说“他（涅氏）

的诗是斜照的阳光，面包和火炉，是载我穿越无人的野径的过膝的长靴”。但真正击穿他心灵的隐秘之处的利簇，恐是涅氏流贯在诗行间的“抑郁与自责”，还有忏悔。因为在专制的恐怖中，诗人曾经为沙皇遇刺幸免于难写了祝诗，表示庆祝。为此他的灵魂一直得不到安宁。是的，又一次的同病相怜，或同气相求，虽然隔着一个多世纪。但艰难时世之时，他知道一个主编要坚持信仰有多难，因为他就是编辑或主编。“命运的选择是没有自由的”。

读着林贤治先生写的这几个俄罗斯的作家小传，我忽然心生悲哀，当俄罗斯走向苏维埃共和，人类就陷在历史的怪圈里。希望是渺茫的。看看那些伟大的人物、伟大的作家，他们复杂而任性，坦诚而自由。但制度造就的恶和伤害也显而易见。比如高尔基，比如索尔仁尼琴，一个从俄罗斯走进苏联，一个从苏联走入俄罗斯。他们对文学世界的贡献无疑都是伟大的，但他们被国家权力或胁迫或诱惑时所做出的姿态也是令人苦笑和叹息的。一个是拥抱之后的逃离，一个是逃离之后的拥抱。

是的，他们最终是缄默了，或是和解了。无论是高尔基或是索尔仁尼琴。因为连索氏也谴责戈尔巴乔夫对帝国的解体。但他们还是值得敬仰的。他们在黑暗中用生命的代价，愤怒地呼号过。只是国家的利维坦太过强大了。海燕也会被折断翅膀，巨人也会被权力所贿赂。但他们迅猛、热烈地燃烧过后，还是给我们在

"冬日的原野"上，留下了"最后一缕抚慰般的淡淡的余晖"，尽管这黄昏中的余晖是令人悲怆的。

林贤治先生在对这些俄罗斯文学人物的解读中，对俄罗斯专制政治的这头怪兽也做了深刻的剖析，给了读者余味悠长的历史回想。

林贤治先生是一个优秀的主编、诗人和学者，还可说是思想家，其每一种身份论都是出色的。看他的书目也知他的文本是一以贯之的。虽说这本随笔集的后半部以国内的人物为记，但思想的脉络是相承的。他知识的博杂、积厚，思想洞见的锐利、简洁，实则集了思想史的洋洋大观，实令我等"文化小矮人"感叹和羞愧，唯有相阅恨晚和仰视之感。他的每一篇论述都是他思想长河中的浪花，或轻盈或低沉，或涌着你的思想前行，或拍击着你将要沉沦的头颅，或涤荡着心灵的沉垢。他说思想永远处于现实的维度，即使用远古的材料构成，仍然显示着当下的指向。它的光焰中有着未来世界生动的影像。他说知识是死的、标本式的，思想是活的、运动着的。思想一旦成为知识，就是僵化的、教条的。

读林先生文章犹如读诗，"观念为诗意所消融，悲怆而且高扬"。他的书是热烈的。他个人的情感更是热烈的。他是学者，但犹如栖居于诗意中的学者，更多挥洒的是诗意的快感，而非学者的尊荣、规范的学术。

山之民龚定庵的剑气箫心，虽化为纸上苍生，但林先生以悲悯的诗为他雕了一尊冷峻的石像，令人肃然。

他太热爱鲁迅了，写下了厚厚的两大册传记以及其他。我偶尔还会从书橱中拿出来读上几页。但他在此探求的是鲁迅内心最隐秘、最悲哀的一隅，即爱。也是用着朦胧的诗意的表达和悬揣，悲凉之处在于这朦胧的诗意指向着内心的真实。悲鲁迅已是替古人而忧，实则大体上内心都是悲于自己。

我在林先生这里第一次知道张中晓，这个绍兴子弟是青年思想才俊。他纯净、正直、热情，但自己被思想的火烧成了灰烬。只遗下一册他存留于父亲的碎纸片装订的草稿，经后人整理出薄薄的小册子《无梦楼随笔》，算是劫后余烬。《无梦楼随笔》记有一则：“李商隐‘心有灵犀一点通’，白居易‘惟有人心相对时，咫尺之间不能料’，心之可知性的二律背反。”是他于苦难中平静的感伤吧。

还有顾准，还有遇罗克，他们和张中晓一样，生命在无边的荒寒之夜，终结于武器的批判。而他们都是思想者，都是批判的武器。唉！在苍茫的夜空中，他们都是孤寂的，不知道谁还能记起他们，况且，在向前看的升平气象中，他们还是急于要被忘却的对象。唯在林先生的书里有了一些纪念的温热。

林先生说他原来拟用的书名是其中的篇目《看灵魂》，后来编辑建议改用了这个题目《旷代的忧伤》，使灵魂多了一层悲剧的色彩。其实林先生书中任一思想者无一不是悲剧中人。他们除了自我救赎，无所期待。哪怕是寿终于正寝者，灵魂深处也是悲哀的。托尔斯泰尚且有“勿抗恶”，更别说伽利略，最伟大的思想者，一个七十多岁的老人也要跪在“红衣主教”的脚下用谎言来苟全性命。他们内心会是何等的荒寒啊!

林先生似乎也是命运垂怜的幸运者。或许如前所说，他现在可以在清凉如水的夜晚，在珠江河畔喝着清茶，或许“可以从容地踱步在早经布置的恒温的暖室里”。但当十年前他再次翻阅和编写这些血淋淋的文字时，他会是心如止水或“隔岸观火”吗？那“旷代的忧伤”不会时时袭上心头吗？

二〇二〇年十月二十日

聂尔印象

聂尔先生虽早已大名鼎鼎，但于我这个文学的圈外人却是陌生得很。识得他仅三年，写这个“印象”似不恰当，也不够资格。但三年来心里却一直有着一种冲动，时不时会冒上来。很为晚岁余生得他这一知己友人感到幸运。所以在思想尚可飞扬，灵魂还能感动，指尖也还能在键盘上敲下键符之时，写下这篇终要湮没于尘埃的文字，只为情动于衷的欣然。

三年前，源于早先对文学的热爱，自费组织了一场文学讲座，经人介绍，他和本市的青年小说家张暄前来主讲。始知他乃圈内著名的散文家，还任着本市作家协会主席。那次来，他赠我一本书，是他的一本薄薄的小册子，朴素极了，叫《道路》，是北岳文艺出版社《格致文库》丛书的一册。顺便说一句，《格致文库》是我看到的本省出版社近年来编得最好的一套丛书，以至看见其列在三联书店销售榜上时就买了几本。能入选此丛书集，可见其文章的思想见地，与文笔之不凡。且作者此刻就近在眼前，令我很是惊讶和激动。想他一定是大家文笔卓尔不庸。而更令我震惊的是在阅读之后，记得曾和文友戏谑：看了聂尔老师的文章，实在是让我感到在写作上极气馁的一件事情。之后我们更多地在一起饮酒品茶，谈天说地，思想的火花能共融于一片斑斓的夜空，这当然也是蛮有趣的。还有他对我粗陋的习作给予了欣赏和支持，让我有点受宠若惊。

还有不知道是否我年少时的幼稚就没有褪尽，还是懵懵懂懂的情愫又在还童，读着他早年写出的第一本书《隐居者的收藏》，书中散发着的青春气味，和又故作老成的文章，读着读着心中一片柔和，两眼婆娑。我反而觉得这种有一丝“为赋新词强说愁”略显青涩之文有着另一种迷人之处。比如他三十多岁就在书中自称老朽，当然的对应物是武汉大学校园里月光下的情侣。不到四十岁的他，怀着“元旦”的心情走在街上，无端的“新年的兴奋慢慢消失，一股哀愁涌上心头”。对应着一个老兵在梦中无数次荣归故里的恍惚与感伤。这一种诗性的场景是缘于西方文学与战后西方电影艺术温情脉脉的印迹吧。当然于他是一种怀揣了旧岁与新年的期望中隐隐的一丝忧郁，并不由自主地蒙了诗性的光，照在他早年朴实真诚的文字中。

喜欢他这一本书是能觉得出这本书中的真切感。可能是他还没有总结出后来书中那些更为高深的哲理和曲折的人生经验，还没有把思想和文章升华至后来哲学的高度。当然除了真切感，还有诗意的朦胧。而他也曾说过：“随着年岁的增长，我对诗歌的热爱不仅没有减弱，反而更加深刻和强烈。我开始懂得，诗是一个人年轻时不能够充分领会的一种深邃的东西。”我想海子要是早一点懂得这个道理，就不会去卧轨轻生了吧。

在聂尔先生早期的写作中，诗意和诗情，与西方哲学中的病态美学的因素糅杂在一起，作品中随处可见。正如北师大的赵勇教授所言：“聂尔的散文既有文学意义上的绵绵情思，又透着哲学意义上的沉思冥想。”

卡夫卡既是他进入世界文学的引领，也是他一生文学创作的生命之神。他渴望着有一个卡夫卡式宽敞的地窖。或是他的心灵深处就埋藏着一个卡夫卡式的地窖或洞穴，这个洞穴铺满了卡夫卡的温柔、呢喃。或者这个洞穴就是他童年时期“埋伏”在上面的那个“巨大的土炕”，铺满着奶奶宽厚柔软催眠般的絮语。而他的写作又何曾不是像卡夫卡一样，在被生命的卑弱击垮后在心灵的地窖或洞穴中炼出来的。记得赵勇教授在评论他的文章时就说过，“我看到这些作家的幽灵不断地徘徊在他的作品中，他们构成了聂尔精神世界与写作世界的重要组成部分。”

他诡异奇崛的文字或就来源于卡夫卡迷人的地窖，因为卡夫卡的地窖深邃、曲折而且宽敞，他也一直在沿着这个宽敞的地窖或洞穴向着文学的深处掘进。他说过他的人生一点也不丰富，正照应了卡夫卡一生平淡无奇的生活。他不丰富的人生与诡异奇崛的文笔形成对照和张力，既让人豁然开朗，又让人迷惑不解。他溶解了多少卡夫卡智慧的核呢？以至视卡夫卡为他“今生无可摧毁的唯一精神通道”。

说聂尔先生的文字，评说他的文章，作为普通读者，我实在是不够资格，有力微而负其重，身短而探悬梁之虚妄。赵勇教授有三篇长文给予评说，从思想到理论，从情感到文字已是有精言辟语的评价，读之也是有另一层的领悟和感动。我在此饶舌已属多余。但我想说的是，赵勇教授在聂尔文章中析出的精义，恐也仅是沙中数颗，管中之一斑。聂尔先生思想的广博，灵魂的柔软，情感的丰厚恐远超于我们日常的泛泛感知，和对他文章中玄妙幽默表达的浅尝辄止。他的文章读之是亲切的，把丰厚的情感寓在淡淡的表达中，或忧伤，或幽默，读之令你会心一笑的同时，心中胀满一种难以言表的感激。因为你所有语言的表达在他的语言表达面前都是乏味和苍白的。

说到聂尔先生，他的足疾是绕不开的一个存在，他也说过：永恒的疾病引领着我。每当我产生悲观的情绪时，我总是想他是如何穿越人生的至暗时刻的。这个问题萦绕了我很久。每当我说想和他去乡下，去外地走走看看时，说完我都会后悔和内疚，生怕我触碰到他的“创伤记忆”。尽管他说过在大学那年读过托尔斯泰的《战争与和平》后，“俄罗斯冬季那又清醒又寒冷的空气”让他忘记，并理解了自己的命运。他说“我将不再怨恨，我要对自己充满信心。”但我仍然会是小心翼翼避开他的“创伤记忆”。赵勇教授在二十年前就惊异于他“在弱冠之年就能对命运做出如此精湛的理解”。而当我在四十年后回望他当初对自己命运的理解，并“步伐坚定地向命运走去”的决断时，我除了惊异就是由衷地敬佩和满眶的泪水。

我想我们很多人的一事无成，就是为自己一生规划的方向和目标太多。而他说在三十岁时就已经望到自己理想的尽头。生命之于三十年或五十年只是一个可计算的数字，也是一眼就能看到尽头的道路，而他则不为其做多美好的规划。所以他用病患的脚向着自己的理想和目标坚定地跋涉，从不动摇。卡夫卡一生用他的作品只为一种思想一个主题做一个注脚。而他是用他的一生只为一个理想做一个注脚，而心无旁骛的漫步于文学殿堂那回环不尽的长廊。如果没有文学，他的生命和思想之自由真的将成为虚无。他在大学时就说过，“我如果把当一个作家的理想说得太容易，就是对理想的亵渎。”对应他此时在文学上的成就，可见他一生之于理想的忠贞与坚守。

聂尔先生出生于一个干部家庭，幼年的物质生活应该是比较优裕的。因此，底层人对生活的绝望感于他有着一道厚厚的墙，或是社会之墙和思想之墙。赵勇教授说“他用自己的思想穿透了社会之墙”。但他与底层社会所隔膜的思想之墙又是如何穿透的呢？他的思维意识常常潜入在底层意识中，常有着对底层群体柔弱而悲悯的目光抚慰和入木三分的书写。按赵勇教授学术性的说法是：聂尔的“创伤记忆”和底层群体的“创伤经验”的彼此呼应。这“创伤记忆”或就是他穿透思想之墙的利剑吧。但我觉得赵勇教授学术性的表达，虽直指了聂尔对底层社会人文关怀的思想内核，但于他对底层群体情感表达的温暖，描述是不够深刻的。

聂尔先生在《街头少年》一文中，用闪烁着心灵泪光的文字，记述了街头那一群“衣衫褴褛，面容坚定”的少年组成的流浪军团，读之令人动容，亦可窥其性情中的人性底色。

> 那天晚上十一点半以后，我们五六个人乘车来到一个酒吧门口，被二三十个少年团团围住，他们全都是十岁左右的孩子，……一个个衣衫褴褛，面容坚定，动作协调而又顽强。一个孩子死死抱住我的腿，我掏出五角钱才得以解脱，但我刚走出两步，就被又一个孩子拦住，同时我也看见拿到我五角钱的那个孩子，已经箭一般的飞出去抱住了我的一位同伴的腿……

那些孩子们以我从未见到过的众多人数，庞大的阵势，坚定而不容置疑的行为，揭穿了我的内心，使我知道我以前以为自己是哪一类人，哪一种思想和观念的坚定的拥护者……

直到凌晨一点以后，我们才从酒吧走出。孩子们大概已转战到别的地方，我没有再看到他们。……总之，不论此刻他们在这座城市的哪一个点上，我相信他们是绝不会放过这绚烂的凌晨，……而去钻进穷困之家的被窝里，用梦想的生活来代替现实的生活。

哦！那群流浪的街头少年，不知道今在何方？

聂尔先生笔下对底层社会的关注、同情在他的书中触目即是，特别是早期的文章中。他的写作不仅是给了底层人一种精神的慰藉，也为社会其他阶层提供了观察和了解底层社会逼真的场景，并使我们能倾听到他们“心灵的驿动和灵魂的呻吟”。

三年多来所目睹的于我极感动的是，聂尔先生并不是生活中大富大贵的强者，还有着身体的残疾，但他对身边弱势者实质性的关怀和怜爱大大出乎我的意料。特别是对生活底层的文学青年，那些穷困潦倒还在坚持着文学梦想的人。他是地方上一个纯文学刊物的主编，一个作家，怀揣着寥若晨星的文学本真，善的因子。

那大山里贫瘠土地上的农民作家，偏僻郊区贫弱到要轻生的女作者，半盲的没有职业的诗歌爱好者，破产后在家乡待不下去了的文学青年，等等，都从生活最底层阴暗的角落里以文学的名义来找他，并期望以文学谋生。他在“心里惊得一跳一跳”的同时，不嫌弃给予文学的忠告和生活的建议，甚而帮助。期望这个世界能善待这些饥饿的艺术家们，并愤怒地诅咒不要饿死“狗日的诗人”。

在一个寒冷的冬日，我陪他去几十公里外的郊县一个荒凉的山村，看望一个二十世纪六十年代被时代洪流抛弃后潦倒的乡村知识分子，听说他已是第三次去了，还给老人发过文章，并去送过微薄的稿酬。因为他待的地方太偏僻了，连邮路都不能抵达。我们带了些生活必需品，聂尔先生不仅从微薄的薪水中匀出五百块钱，回来后还动用了他作家那点可怜的影响力，促使有司予以了关照。而此类纯属个人情操与人文精神的敦仁之举，在他绝不是偶然之事。在计划去另一个县市看望一个流浪的知识分子时，他得知了其已死的讯息，只好遗下了句号般的一声叹息。他用他智性的语言给予那些人生陷于黑暗的作者一束微光，以期照亮其生命前行的道路，使一个卑弱的生命走得远一些。给生活绝望的残疾者一片布满文学星辰的天空，使其仰望而能像他一样忘记苦难的命运，努力去理解自己命运的独特性。他给生活于穷乡僻壤的一个轮椅上的写作者写的一篇序言中说："无论相隔了多长时间，我们见面与否，他的形象都如在目前，其苦命挣扎，危如累卵，顽强生息，比任何人都更像是我们时代幸存者的那样一种姿态，足可以激发起我的时常隐而不见的愧疚感。"而聂尔先生和这个把下半身遗忘在二十世纪人民公社事故中的幸存者，私谊已存二三十年之久。还有那对不幸夫妇唯一的脑疾患儿，他慷慨地给予了自己唯一的财富"文学之光"的照临。

在文学这袭华丽的袍子爬满虱子之时，他这个没有现实光芒的称为群众团体的市作协主席，周围却聚集着一群比较干净的文学群体，这个群体没有随文学的堕落而堕落。近年本省"赵树理文学奖"本地的几个获奖者，若没有他的指引和影响，恐难有破土之力。二〇一九年的"二十一世纪文学之星"丛书，本市矿工诗人榆木的入选，他在文学上的引导，精神上的鼓舞，功莫大焉！我亲见其在私底的场合向本省文学界人士倾力荐举，而诗人那一刻正在几百米深的地下坑道里挖煤。这何尝不是晋城文学之幸！

在我的叙述行将结束时，我想起了聂尔先生的磊落最初给我的信心。在多年前的一起偶然事件中，他为了不牵累于挚友，独自肩起了黑暗的闸门。尽管他后来说，我不知道我是否能挺到最后。不知道是否会在黑暗中坠落。但事实是他用智慧化解了危机，挺到了最后，终未给朋友带去至暗的夜。这或许才是我们真正的开始。

赵勇教授曾隐隐地忧虑过，家乡这个小城市世俗庸常的生活会消磨他的写作，影响他成为“大家”的可能。聂尔先生也曾转述过著名学者林贤治先生的惋惜之言，说他应该走出晋城这个小地方到大城市去，那儿的文化氛围更能成就于他。但他们都忘记了聂尔早年获“全国青年影评”一等奖在北京领奖后的一句话：“这将是我今生唯一的一次荣耀。”他把自己的人生道路一眼就望到了尽头。我不知道是不是主席台上“那一排锃光瓦亮的脑袋组成的威严肃穆的阵势”影响了他。但我知道前面那两个正直而著名的学者都说过他的文章是一流的。我还知道将要退休的他，在这世俗庸常的环境里吃酒聊天下围棋，生活是喜悦的，或是说对生活怀了“虔敬和喜悦”，这是他即将出版新书的名字。

二〇二〇年十二月十二日

在北师大听课

我和赵勇教授算是老乡。他在北师大做博导，教授文学。经友人介绍方识，继为友。男人嘛，喝过几次酒，觉得投味了，就奉以为友，特别是像他这样的读书人，我又很愿意攀结。幼时屋白家贫，只念过几天识字的书，对读书人一直有着圣贤般的景仰。对大学也一直视为比宗庙都要神圣的地方。要不二十世纪怎么会称大学生为天之骄子呢?

有一天突发奇想，虽江湖老去但尚能酒饭，闲散时居京城也可谓近水楼台，何不坐一旁听受教于赵师，以不为稻粱谋的心态体验一下大学课堂。或许写点小文章能多点学术的质感，甚或能写一纸论文，以足平生夙愿。不知道赵师心中是否讪笑，居然一本正经欣然同意，并约一谈。或是为师授徒之本性使然，或是念及杯中之友谊。然则腹中荒旱久矣，已不生乔木。论文自然是写不出来的，但却是听了赵师几堂文学课颇有教益，颇开心怀。

赵师年纪少我十年，也有五十大几了。相邻县份，农家子弟。个子是矮点，也不甚庄严。在学术江湖能拼到名校博导也实属不易。他初出道即被某名刊相中指名要人，无奈世道时有污浊，莫名被挤兑。刊中伯乐一怒之下，宁空不曲，非他不要，他陪着做了玉石俱焚，回了家乡师专教书。后来他在自己的一本名为《书里书外的流年碎影》散文随笔集中痛快淋漓地记了一篇。记述了一个青年学生初出茅庐受到挫折时的痛苦与悲愤。他后来一路搏杀，终遂心愿入了京城名校任教，并在学界做了著书立说的学者。这些年著作等身，也算是名声斐然。我想那初出道时的“创伤性体验”不能不是他在人生路上的后驱动力吧。

第一次去听他的课是他讲给博士生的一课。我去时心有忐忑，在只坐着十来个人偌大的教室，找了个角落侧身而坐。他在讲台上大黑板的映照之下身材更觉瘦小。他看见同学们望我的诧异之表情，还特意做了一番介绍，说我是他朋友之朋友，也是他的老乡兼朋友。早年的“文学青年”，至今不忘初心云云。说得我心中发虚，老脸也不禁红了起来。他讲“如何做西方文论”一题，用他的一篇学术文章为例。题为《艺术的二律背反，或阿多诺的摇摆》。犹如天书一般，于我。但他是以诗人，或诗歌于历史大事件之敏锐，及对历史事件迅即之介入为切入，并以汶川大地震时的对苦难截然不同的情感表达的两首诗为例，通俗而形象地讲述了文学艺术反映历史事件必然之功，以及文学艺术表达中的“二律背反”现象，让我豁然。但由此而进入对阿多诺著名诗学命题“奥斯威辛以后写诗是野蛮的”的解读，却让我跌入了哲学及艺术学的迷宫。一直到后来认真通读了两遍他的那篇颇有见地的长文，才对阿多诺这个著名的诗学或哲学的命题有了较清晰的，或也是一知半解的领悟。

“奥斯威辛以后写诗是野蛮的”是阿多诺的一个“艺术的二律背反”命题的反题。正题表达应该是：奥斯威辛以后不写诗是野蛮的。这一命题所涉及的领域和意义是宽广和深远的，并不能仅仅看作是在一种语境下狭义的对苦难文学或艺术表达的禁令。在阿多诺的语境中“写诗”只是一种“提喻”或象征。指出的是“奥斯威辛以后”艺术创作的不可能性与文化的非正义性。也可以说是对于第二次世界大战后弥漫于德国的“宽恕”文化，刻意遗忘掩盖纳粹罪恶，渴望着与纳粹罪恶割断的“终点时刻”的到来，等等堕落的文化现象愤怒的反讽。赵师在他的这篇长文中对于阿多诺这个命题的起源、意涵、支点，以及这个命题在文化上所引发的争论和演变有着认真的思考、探究和论述。这是我在赵师的课上实际受益的部分和意义，而非文论的写作方法和技巧。

赵师在他的文论中实是为世人对阿多诺命题误读的正名。这种误读或误解在民间在学界甚而是谬误千里。即使是正面的善意的误读和理解也是片面的，也是歧义的。对阿多诺多次表达和解释的这对“二律背反”命题中的正题，“奥斯威辛以后不写诗是野蛮的”，或不知，或视而不见。对于“奥斯威辛以后”这个命题终究是哲学的意涵，和文化的延伸意义更不去考究，而只停留在艺术表达的争论上。对于阿多诺在这一“艺术的二律背反”命题上的困惑与摇摆，几十年甚至是上百年来都是存在的。只是阿多诺的表达更激烈和尖锐。他不同于黑格尔康德，是在哲学层面理性的表达。阿多诺是指向艺术的感性表达，是“悲愤”的表达。因为他是犹太血统，因为“奥斯威辛”大屠杀的梦魇还没有消散。因为德国文化复苏后的物化与堕落，和他对这种物化后的“非正义性”文化的愤怒。如赵师在文中的论述：奥斯威辛是阿多诺的创伤性内核，一种“创伤性体验”，“悲愤”才是其思想底色上涂抹得最多的一种油彩。

对奥斯威辛后文学艺术能不能表现苦难，如何表现苦难，阿多诺或许在某种情绪下对现实是失望的，才会有“写诗是野蛮的”惊人之语。但他又是隐含着热烈的希望，才有了在这一“二律背反”命题正反两面的摇摆。他曾说：“人类苦难迫切需要艺术，需要一种不去粉饰苦难和减轻苦难的艺术。”因为“除了艺术就不可能再有真正意义上的媒介形式了。”（赵师语）而且是“直指人心深处残存之良知的人性”的艺术。

从赵师对阿多诺这一命题深刻的阐释和解读中，我悟到了这些大师们惊人的历史性预见和历史惊人的相似之处。观之，真切“如冷水浇背，陡然一惊”。

记得赵师在课上说过，为做这篇文论，他把所涉及的阿多诺的著作或文章认真翻译了一遍。我是在颇用心地通读过这篇文章后才窥其内涵之精深，涉猎之广博，论证之严谨，从而更理解了他做学问的辛苦，看到了北方农民的朴实烙在他学术精神上的烙印。不知道堂上的莘莘学子有何感想。他不苟言笑，不插科打诨，四个课时讲得满满的，只是在课间去外面匆匆猛吸一支烟。

另一次课也是博士的写作课。赵师讲的题目是：“论文的精、气、神”。留给我的印象也极是深刻。初听他的讲题，感觉平淡，犹如中学老师讲作文写作。而要讲一个上午，四个课时，着实让我吃惊。但随着赵师时而激越时而平实的娓娓道来，让我大开眼界，原来博士的写作课是这样的。赵师讲到论文写作与时代的痛点，而时代的痛点势必要激发作家的时代情怀。赵师举例的人物，他们的身世和经历代表着他们所经历的时代痛点，都有着各自的“创伤性体验”，身体的与精神的。他们的作品不仅反映着时代的痛点，还彰显着他们内心深处的良知和人性，展现了文人学者的朗朗风骨和他们悲天悯人的家国情怀。而这些又是通过他们有着“精、气、神”的文章所表达。在我的印象中，赵师是拙于情感表达的，但从他悲怆、怀念、仰望的语言表达间，我感受到了赵师内心深处蕴藏的情感和一个知识分子的筋骨。

记得在课末互动时有个博士生同学提到他的困惑时说，论文之论法与技巧已烂熟于心，但“精、气、神”却似无处觅得。我不禁哑然而悲。课毕，胸臆难平，即把四十年前轰然于全国，至今仍留于我们这代人心中，代表着那个时代“精气神”的一首诗，以朗诵的形式发给了赵师，以表心中那被引发的“少年之狂”。赵师也为性情中人，随即发于他的学生微信圈中。虽也荡有涟漪，但恐终归与当下的社会精神已是南辕北辙。

我记得赵师在其一评论文章中说过：“论文是思想的结晶，散文则是灵魂的袒露，前者因苦难而提炼成洞见，后者因苦难而升华为艺术。”我想这也是文章如何炼出“精、气、神”的注释吧？正所谓“国家不幸诗家幸，赋到沧桑句便工”。我记得赵师也似以此论作答，但又有着悠长的沉思和忧郁。忧思于学生们对苦难的认知吧。不知道在知识（文化）物化的当下，这些在象牙塔中的骄子们是否能理解赵师讲述的这些学者和作家们所经历的苦难的意义。或所引述这些知识分子前辈们的范本中表达的苦难的意义，当然这些苦难并不仅仅是个人的，它是民族的、大众的、时代的。所以他们的学问和论著是从人间苦难中熬出来的，是浸透着历史的苦难之汤汁。

其实每个时代、每个人都有它的幸与不幸，都有它的痛点，都有人性需要的人文关怀。即使是黑屋，鲁迅先生不是也要呐喊几声，怒其不争，哀其不幸！即使万马齐喑，龚自珍不也劝天公重抖擞？真正的人文关怀其实就是无论在什么时代，都怀有向善向美的内心世界，都坚持一种“独立之精神，自由之思想”，自会产生人文关怀之精神和情感。我相信无论何时，人文关怀的精神仍犹如星辰般在闪烁。孟子曾说过：“若夫豪杰之士，虽无文王犹兴。”哪怕那个时代夜色如磐，或遍野荒芜，但都需要有“直面惨淡人生的勇气”。赵教授在讲课中所举出的当代人物不正如此吗？一个知识分子，如无良知，无铮骨，无洞见，是写不出文章的“精、气、神”的。

赵师还说到学者高尔泰的散文，说他有着“人生的苦难，画家的感觉，美学家的气质（深刻），诗人的才情”。说他的艺术修养接通了中国的文学传统，或千年文脉。这种传统为“发愤著书”“穷而后工”“不平则鸣”和高尔泰笔中的“纯绵裹铁”，他才有了表达苦难的艺术，这种艺术才有力量。就像诗人北岛所说：“中国不缺苦难，缺的是关于苦难的艺术。”而且是有良知、有力量的艺术。这不就是阿多诺在“奥斯威辛以后”命题中的忧虑吗？是啊，“即便我们遭遇了他那种苦难，我们也断然写不出他那样的散文。”这不就是赵师对学子们的忧虑和对学术的忧思吗？

听赵师说过一则逸事。导师当年嘱意留他于北师，但累于年龄，校方踟蹰。导师在自己家中布置了一个图书展示，把他累年发表的文章和专著陈列于中，叫来校方主事者观展，由赵师任解说。终感动于其累累学术硕果，校方网开于一面破格拍板。今观赵师讲学风采，他也无负先师一番苦心栽培。他也算残存于上辈学者那片土壤中的一枝秀木。我多和朋友感叹，听赵师讲课，没有半点虚头，就是北方农民的老实劲。他的学问也是吭哧吭哧做出来的，敦实如踏在坚实的大地上。他的学术论著博广而厚实，在国内学界以"法兰克福学派"的"大众文化理论"研究而著名。有幸听他的几次课中也是这条主线所串联。

看他的文学评论文章，似被一条关于苦难的忧患意识所贯穿。他评张承志的《心灵史》的写作，是知识分子底层意识的回归，对知识阶层的背叛或重塑。但他也知道在文化的物化，知识分子逐渐异化的时代，其最终也是个堂吉诃德式的战士，但我不得不由衷地说一句：如此，也是令人敬佩的！

他写《三读高尔泰的〈守望家园〉》也是那样激昂于高的忧患与苦难，说"这种纯绵裹铁，风清骨峻的散文""是在文学层面向中国传统艺术的致敬之作"，而这些又源于那个年代不忍卒读的苦难。他评家乡的作家聂尔的写作对底层小人物的悲悯，是自己的"创伤性记忆"与他人的"创伤性经验"相呼应。他写路遥，他写史铁生，他们都有着人生极端的坎坷、困顿的生活遭际，有着生命中的“创伤性内核”，都与文学传统中“意有郁结”而“发愤著书”“穷而后工”有密切关系。

在我对他少得可怜的聆听和文本阅读中，我的内心是震撼的，他瘦瘦的身躯里，胸怀和思想是一种近乎无限的广博，我依然要说他身上浸透着北方农民的朴实，他对正义的固执，对底层的悲悯，知识和思想的清醒都在他的文著中。于我是极感动的。

二〇二〇年十一月十八日

刘伯伦与《千字典对》

伯伦先生是我县堪称学者之人物，曾任县志办主任之职。执笔主编阳城县志，曾一时在国内方志舆内亦是小有名气和斐然成就。

他主持的本地县志编撰，煌煌大册直笔而陈，小小县臣也竟要秉史迁董狐之遗风，立砥柱中流于巍然。在民间在业界皆颇有声望。县志编撰之时，尚是百废初兴，且舟车艰难，音讯不畅，他沉迷于史迹考察和史料收集循迹于家乡山水，不辞万千辛苦。并在尚有裹足的不解中，据理力争，奋笔直书，著作春秋胆识之文章。矢志为历史面目拂去尘埃，得见朗朗天日。为先贤人物追其公道，使其留芳于后人。编志当初他曾吟有一首《谒司马祠》诗以明其志：

风尘仆仆赴芝川，

瞻仰史迁幸有山。
穆穆清风生庙内，
苍苍古柏立云端。
人经蚕室胸怀烈，
河出龙门天地宽。
一片虔诚祈彩笔，
抚碑欲去尚盘桓。

待编撰的县志大作修成之时，即被本省修志业界树立为独家之范本，享誉于修志学术界内。他还常在方志学界钩沉地方历史考证，发掘地域历史文化，学术观点常常受到学院专家学者的好评，曾多次受邀出席学术会议，获得诸多奖项。并在学术界尚风气清正的二十世纪九十年代，以一县城小吏之身份，在省城学界的职称评定中，以全票授予教授职。也曾风头劲然一时。

他所编撰注释的《千字典对》，是清道光至同治年间，我县润城塾师刘辅之先生编的一册蒙学教诲小书。伯伦先生发现于一九九七年。时村镇修志之风正盛行之时。他受聘于本县下孔村编修村志顾问。收集资料时，在一吴姓村民家中保存的故纸堆里，意外得此尘封百年之蒙学教材孤本。因慕其书法，他饶费唇舌和主人借得，编志之余常欣赏把玩。首先为之吸引的是其上乘一流之楷书。其稿本，书法循规范于唐楷，结构取势于欧柳，间有褚遂良清丽活泼之笔意。入眼即似纸上之乐舞，整齐且不呆滞，飘逸而有定力。玩味中常令他啧啧赞叹有声。

《千字典对》顾名即典故对联，整数为千字，除署名外正文不多不少一字。涵有二百五十则入历史典故的名人逸事，集成了一百二十五对音韵和谐、格律工整，融格言绝句的短联集锦。它用四言骈体写成，循蹈传统的规范诗韵“平水韵”部，对偶格律遵《声律启蒙》之范本。虽仅为千字蒙学小书，亦能窥辅之先生上续秦汉千年文脉，下承六朝骈散之骊的文章功力和严肃不苟的文化传递精神。

“典对”之书为教化蒙童所编，虽脱胎于《蒙求》《龙文鞭影》《声律启蒙》等流行的传统蒙学读本，但它在知识的博雅性和修辞的技巧性等方面不仅堪与前贤诸本媲美，其典对楹联之工之雅甚而更胜出于诸本之蓝。可见确是一本“久遭湮没”弥足珍贵的好书，“是一颗久埋地下亟待挖掘的土内明珠”。

《千字典对》的作者是我县润城下伏村人。刘姓，名辅之，字翌卿，号酒雠，又号王屋山中人。生于清嘉庆十六年十二月二十二日，卒于光绪二年五月二十三日，享年六十五岁。他一生以教书为业，予徒授业解惑，淡漠功名。为人恃才傲物，诙谐有趣。他不仅不求仕进，潜心塾业，还常为乡里被士绅强人和官府衙门欺负的平民下人出头代言，机智诙谐的奇闻逸事在民间尚有趣谈。

从民间的奇闻趣谈和《千字典对》的手稿书法，到卷首卷尾的钤章看，辅之先生是个超尘脱俗，心胸旷达的民间隐逸之人。他嗜酒，性散淡，邋遢不羁，但书法上乘，更兼善篆刻，在手稿的卷首有“王屋山中人”“耕我心田”“早完国课”之钤印，卷尾也有“酒雠”“三味书屋”等逸性隐志之闲章。刀工劲，笔意秀，于方寸间藏胸中浩然气象。伯伦先生从民间碑记、传说，故纸中的只言片语、蛛丝马迹掘得并整理了佚散的辅之先生生平记事后，钦佩万分，对辅之先生充满仰止之心。激奋之余，伯伦先生遂起志于传承先贤辅之先生之文字功德，以广被后人。始乃以译文，注释和赏析三个层面对《千字典对》进行诠释及剖析，要使其字义、典实及内含教义以通俗汉语毕呈于普通读者之前。

然而，注释典籍是门大学问，他也自知有力微以负重之感，并自谦“铅刀钝质，线袜微才”。但他自觉要完此大任，似才不负于辅之先生埋没之功德。想，除了他骨子里传统文人那种为先贤继绝学，以传薪火的使命感余脉未绝外，我揣之可能亦有为乡邦文献增益的修编史志之人的拳拳赤子情怀吧。

《千字典对》之典故，包罗万象，涵上下五千年文化源流。涉四书五经，诸子百家，二十四史，文选文论，笔记小说，诗词歌赋，搜神志怪，甚而三教九流、民间谚语歌谣。要在茫茫浩似烟海的古籍史料中跋涉，实非易事。然开弓之箭即无有回头。他决心要在“上穷碧落下黄泉，两处茫茫皆不见”的困境和挫顿中索求。一是译文，一些艰涩的古汉语他要翻译为易懂的现代汉语。二是要对付那些生僻典故追本溯源时的茫无头绪。除了埋首于故纸堆中查找典籍，史志界友朋，诗词界师友的热诚帮助也曾令他有诸多感慨铭于心间。“典对”有一典联“魏犨擒貘，周处斩蛟”，“魏犨擒貘”典出何处？查遍典籍，请教师友均不得解。如鲠在喉，他一时终日食有不甘，但偶然和某一诗刊上的诗词同好在省城的巧遇，犹如天人相助，帮他搬去了拦路之石。至今伯伦先生说起，由衷之情依然形之于色。此诗友为一浙商，游走于省城商界多年，和伯伦先生都是旧体诗词爱好者，都常在省城某诗刊发表诗作而相遥识，虽未谋面，但亦互慕诗才，惺惺相惜，早已神交。恰逢伯伦先生到省城出差，被此诗友知悉，得以一晤。席间谈诗论词，相见如故，甚是融洽。伯伦先生说起了烦恼之事，即“典对”此条文出处久不得其解。此诗友即慨然允诺，近日有商务即要返浙，家乡有一老儒，远房亲戚。早年操塾师业，四书五经均烂熟于胸，定能破解此困窘之境，伯伦先生亦大喜。诗友作别，让他静候佳音。果然不久，诗友来信，指出该典的出处为《东周列国志》第三十五回“晋重耳周游列国”章。言魏犨与楚王到云梦泽打猎，遇貘，“似熊非熊，其鼻如象，其头似狮，其足似虎，其鬃如豺……”“嚼铁如泥”之猛兽。魏犨挺身而出，徒手搏击，终擒得。虽正史未有记载，但小说野史终有录得。魏犨，为战国时魏国创始之人。诗友之慨然解难，伯伦先生曾乐道真是应了那句老话“踏破铁鞋无觅处，得来全不费功夫”。此诗友之谊伯伦先生曾和我念叨多次。

伯伦先生家学渊源，其外祖是晚清儒生，民国早年曾执教县城中学，国学根基匪浅，只是无奈于世道变迁，散落民间，屈居于僻壤，半生多有磨难。但自幼给了天资聪颖的伯伦先生诸多启蒙教导。耳濡目染下，他深得裨益，对传统文化积下厚厚根基，犹对旧体诗和古汉语情有独钟。遂使得他的史学造诣、旧体诗学修养皆令学界中人仰望。早年即加入“中华诗词学会”。他的诗，诗韵清新，格律工整，诗意高古，曾受到诗界“大家”的青睐和诗词同好的赞誉。诗界友朋曾遍及南北，常有素未谋面诗友慕名前来切磋。作品更有华侨诗友荐在国外华人刊物发表。多年前，我陪他去西藏旅游，就受到他的一个在军中服役的中年诗友在日喀则军分区的盛情款待，席间还曾谈起他的“典对赏析”，诗友称常置枕边以消困，赞阅后有颇多增益，娓娓言语间对伯伦先生很是敬慕。

《〈千字典对〉注释赏析》成书版于二〇〇二年。南开大学原图书馆长来老新夏先生行将耄耋，感伯伦先生的“强毅”之精神，以抱病之躯慨然为序，曰：“伯伦之功不可没，《千字典对》

流传之业不可止。”并言为序“以励其深求文献之志”。后并购得书籍若干，分发其门生研读。来老的赞誉及提携之诚意令他感激至深，不没他一番“苦心孤诣”，他也无辱乡邦前贤辅之先生在天之灵及前世之劳动。他久久甚感欣慰，亦觉可以宽心矣！

伯伦先生前半生命途多有坎坷，求学及从教生涯历经蹉跎，一直在惶惶中度生。直到欣遇开放，他得以在史志界展一怀抱负，也舒了一胸郁忧之气。他曾言，编史修志事功于他，成就于他，此生亦倍感大快然。他曾有一首“咏瀑”诗述怀，在诗友中广受欢迎和引得共鸣，录于后以共赏，以见其心怀。

咏　瀑

逼向危崖可奈何，
粉身碎骨亦高歌。
终嫌喷泻落差小，
不及人生跌宕多。

伯伦先生，乃吾良师益友也。

二〇二〇年五月三十一日晨

寻访赵林松

前年的冬天，我和太行文学主编聂尔先生相约，在陵川县作家老辛的带领下，去陵川的乡下寻访赵林松先生。他是一个六十年代回乡的知识青年，一个被时代洪流抛弃而潦倒的乡村知识分子。

我是从阳城到晋城与聂尔先生会合，再到陵川县城找到老辛，三地穿越近百公里。在老辛的带领下又驱车十多公里才到了那个小山村。

隆冬的景色在薄凉的阳光照射下一片苍黄，空旷而且寂寥，让人感到怆然、悲凉。我们经村人指点找到他的住处，那幢三层楼的一排房子是在荒寂的村庄边上，位于半山的山坳里，像是废弃的公房。房前的空地上立着半人高的枯草，房子没有屋檐，裸着的砖墙被风雨侵蚀，蒙了一层土黄。枯白色的荒草浸阶，已快掩到了窗台。整栋房屋在黄土高坡的包围中孤立而且荒芜着。我们深一脚浅一脚在茅草掩着的荒径中走到楼房跟前时，除一间挂着破烂帘子的门上着锁外，其余门窗已是破败不堪，在寒冷的风中呜咽。

从破了玻璃的窗户往里看，冷灶清灰，零乱破落。屋里的破家具东倒西歪，土炕和散着的旧书上落满厚厚的灰土。看着是已久无人气烟火。

我们返回村头的空场上，从一群晒太阳老人中的知情者口中得知，他已搬去镇上女儿家住，并予以了电话联络，约好在镇上碰面。

在镇上，我们得以见面。面前的赵林松，个子比在照片上看似乎矮了点，面貌肤相皆是粗粝，有点像西伯利亚流放的苦役，神情还好，无委琐之形。他和聂尔先生已是熟人，前些年聂尔先生就专门去探访过他，并拿了他的文章在《太行文学》给予发表，对他身世背景稍有了解。知他以种地为生，生活艰困。前些年还年轻时，有些单位也慕其名声，招他零工写写东西，终是性情乖僻，不甘委屈，而不能成器。不过像他这种有升斗之才、桀骜之心的人，自然也是看不上他们。据说他对马克思的经典著作《资本论》有精通研习。对鲁迅、胡适等民国学人著作多有阅读钻研。且对《红楼梦》也是即诵成章，还计划要写出红学专著。聂尔先生给他发表的一篇文章题目就是《鲁迅胡适与中国文人》，有着一定思想理论的高度和纵深，且学养深厚，文笔老道，语言清新。

全然不像是出自居于僻壤的潦倒农人之手。从文章思想到他的生存状态看，“躬耕于野，不求闻达”，不知是贤达的遗风还是命运的遭际。

简单问候和介绍后，我们在镇中心一处古城楼前宽敞的空地上合了一个影。时近中午，隆冬的太阳没有多少暖意。我们找了一个门面干净的饭店酒叙。他说的方言难懂得很，说话又咕噜，我半懂不懂，还靠了聂尔先生的偶尔解说。大体说了说他的生活近况，说因天太冷了，村里的破房子已不能安住，他也生不起煤，才在镇上女儿家过冬。而女儿家也过得不是太如意，听说女婿因甚事故正吃着官司。问他生活有没有入低保或贫困户一类保障，他说人家说他有五亩地可耕，不给低保指标，而他已干不动农活了。那年他七十三岁。他说原以为上年纪了，生活会轻松一点，应该有更多的时间写作，谁知生活却是更加窘迫了，精力也随之不济。

几杯酒后，他絮絮叨叨说起他的经历。他六十年代还上过一年中专，响应伟大领袖的号召，向董加耕、邢燕子学习，知识青年要到农村广阔天地里去，他就放弃了学业回去建设家乡，从此再也没有走出那个贫穷的山村。他早期的生活轨迹在他的那篇文章里其实是有一些简略记述的，但稍有出入。文章中写道：“初中毕业，我响应号召，学习董加耕，放弃读书，满怀豪情回到了可以大有作为的广阔天地。”并没有说上过中专。而且文章中能隐约折射出他生活坎坷的源头，与思想观念形成和挪移的痕迹。初中课本中鲁迅的《友邦惊诧论》是影响他性格形成的苗头。他在文章中说："我仰慕鲁迅，始于初二年级学过他写的《友邦惊诧论》……我对鲁迅产生强烈的仰慕之情的印象是他竟能直面揭露、挖苦、讽刺、抨击国家最高政府当局。……使我对鲁迅的仰慕，不是出于对他文章的理解，而是出自骨子里的天然情结。我仰慕的不是他的文章，而是他写文章秉笔直书、无视权势的气质。"但更重要的影响是毛泽东的《新民主主义论》文章中的一句"鲁迅没有丝毫的奴颜和媚骨"。即刻与他对鲁迅的仰慕之情产生了强烈的共鸣。"因此，我倾心要充当一个无限忠于毛主席的、鲁迅式的革命派。"这也是那个时代几乎所有知识青年成长的心灵写照。

在被逐出革命之后，他也开始了反思。反思"革命是什么，革命要干什么?"开始阅读和思考鲁迅，后来是胡适。思索鲁迅为什么没有加入共产党，他在红军长征完成后拍发给中共中央的电报里说的"人类和中国的将来"是什么样子？如果鲁迅在世会是什么样子等等。他当时得出的结论是"鲁迅如果不是把他的笔墨文字当作投枪和匕首与中国的权势们肉搏，而能像曹雪芹一样十载批阅他的小说，或许在中国文学史上建起继红楼梦之后的第二个文学高峰。"

他从对胡适进行批判的运动中，从极其有限的关于胡适的只言片语中，从鲁迅《中国小说史略》《中国小说的历史变迁》中关于胡适对《红楼梦》的考证的评价中认识胡适，探究胡适。又终于在八十年代的旧书摊上搜到两本红学史著，这两本史著还兼着对胡适红学史论的批判功能。林松先生说从批判胡适的两项罪证中，即“多研究些问题，少谈些主义”“大胆的假设，小心的求证”的本身含义中，“无论如何也想象不出胡适是如何反动的。”并得出“胡适这个人恐怕不是一顶简单的反动帽子能将他完全淹没了的”的结论。

一个贫困潦倒的老人，生活在社会的边缘，在那破落的山村，在那被茅草掩着的荒废的房子里，思想着形而上的东西。我不知道他的精神力量从哪里来。他的思维在知识的推动下依然是明快地流动着。从时下身边的政治趋势到国际政治事件，都有着独到的见解。据说前两年给某网站写文章由于观点的犀利还被有关部门叫去谈话。他被贫穷系着的双足可能永远走不出那个村庄，或眼下的镇上。唯家里那一台破旧的电脑是他联系外部世界的通道吧，因为他连买书的钱也没有啊！

由此也可知在理论知识上由于资料的不丰富，他的视野是显偏狭的，但思想理解却是通透的。马克思经济学理论的经典《资本论》对他的影响是很大的，他的很多理论依据或出于此。当下的贫富分化、资本经济、权势经济或许正合适他用马克思经济学理论去解读。正如他刚完成的一部近三十万字的著作——《中国土地制度的变迁》，从先秦一直写到民国。从他简略的介绍中，知他书中的理论指导正是以《资本论》为圭臬。他写得好与不好我不知道，或许三十万字也支撑不起这庞大的论题，但看着身边这个饱受人生疾风苦雨击打的老人，我心中升起几许感佩。

他说还有个几十万字的创作计划，也是他几十年思索和研究之结果，是关于《红楼梦》的欣赏、研读及考证。他说话时始终对着聂尔先生，虽然他比聂尔先生大着十多岁，但看出他是极钦佩的。聂尔先生也不时有所询问，也时有关怀和鼓励的话语。饭后我们说有给他带了些大米面粉之类的生活用品给他送去，也好去到他住的地方看看。

到了小巷中的院落里他女儿的家，他女儿并没有对他或我们表示出太多的热情，好像始终没有露出过笑颜。聂尔先生提出把他的著述《中国土地制度的变迁》拷录回去看看，如有机会可推荐出版。刚好我的车上放有一个录制音乐的U盘，司机小王便和他一起上他住的三层阁楼上拷贝。可能电脑老旧，复制也不太顺利，好大一会儿没有下来。我就上去看看，聂尔先生由于身体不便，由老辛陪着在楼下客厅。我上去时，司机小王正在操作复制，他坐在一张低低的矮床上。屋子倒还暖和。我看到墙角的地上放着一把胡琴，随手拿起看了看又递给了他，示意他拉一曲。他也没有多推辞就拉了起来。一曲《红楼梦》的《葬花吟》如泣如诉地在小小的阁楼上萦绕、哀怨、苍凉、缠绵而又悠长，犹如潺潺的溪流沁人心脾。想不到如此粗犷的外表下有如此细腻柔软的情感。在我心中犹如无边的黑暗中突然射进一隙斜照的阳光，这是否就是他晚年赖以穿越荆棘、泥泞、荒芜之路过膝的长靴。我不禁对这个把自己一生浸泡在苦难中的老人增添了十分的敬意。我把他拉的曲子在手机上录了影像，也为这瞬间的美好留下一点痕迹。

临走时，我无意中在床头看到一卷厚厚的《资本论》，纸页已是发黄，书中画着许多道道。后来在电脑上翻看他的《中国土地制度的变迁》一书，果然是有大段的引用。当世间都在曲解时，而他在正解，心中涌着莫名的悲哀。

返回途中，我把这段令人唏嘘的影像放给聂尔先生看，他也很是感动，后来还和有关部门反映给林松先生解决生活上的困难。

两年过去了，不知道他现在生活境况如何？关于红楼梦的论著是否完成？还有新的著述吗？这一切劳作都不可能改变他生活的状况，恐只能徒加女儿的怨恨吧。我和聂尔先生偶尔议起时常常叹息，几次也提起去看他，终因杂事缠身而放下，只能在心底留一缕惦记之情。我偶尔还会手机上播放那一段《葬花吟》。

二〇二〇年十二月

读原力诗集及序杂感

原力老师从县文联主席职上退休后，这几年把自己的诗整理结集，印了一本小册子。那天送我一册，并告我，他是请周宏书记作的序，没有请什么名家……未及他说完，我心里已是很没滋味了，世风日下已是不争之事，但似他如此率性之人，且无米粮之忧虑，也行屈于檐下的有嫌巴结之事，实出我意外。

周宏先生是地处县城繁华之地的首富之村，亦是县政府所雄踞之宝地——西关村的一村之首。我和周宏先生素无交往，也无好恶。但周先生在县城的虎踞龙盘之地执西关村村首经年，为政一身悍然匪气，早有大名在外，常如响雷灌耳，我是早有所闻。但也常常听有文人雅士评说，此人虽行政作风时有霸气，但好读诗书，好习经史辞赋，腹中有大雅之藏，实非粗鲁之人。但为文章之事，未读过其大作，总觉得是吹嘘之人的虚捧之言。

而今原力老师是退休回家乡后尚存余热，又受周宏先生之盛邀，在其麾下执编家乡村刊《西关》数载。常听他对周先生的为人为文也多有赞誉之词。原力老师是性情中人，说话常如快语倾囊，而鲜三思。正如周先生在他诗序中所说“是个性情率真之人”。还说集中诗作“刺贪刺孽无媚骨，叙人叙事多真诚”。如此坦诚率直之人，言语间的向背之心我是一目了然，自然心清。但也终觉他为一面之偏词，且领有周先生奉银之利，不免言下褒贬有所偏颇，乃至心存疑惑，遂未以为然。如今品读原力老师诗集之余，亦能拜读周先生为序之大作，也如一窥周先生腹中之物矣。能赏美文，释疑惑，解悬念，也为一件幸事。

短短千字序文，一目数行，数目到终，心中很是一惊。周宏先生行文精简流畅，且无刀斧修凿之痕；语言朴实有趣，字字犹如朗朗珠玑；笔法犹似老道藏峰，数行论评，已入木三分，几笔描画，更是一语点睛。如此妙笔华章，实令人悦目暖心，且录得一段奇文共赏：“原力先生欲将旧年诗作结集出版，嘱我序。初闻之，自忖，因先前已阅学过集中多首诗词，恐为先生虚言耳。待嗔之，终又悟老师提携后学之良苦用心，遂妄为之……

“原力老师是个精灵古怪之人。就连我们这些同为乡邻之人有时也不得其解，……种过地，经过商，做过工，扛过枪，却归落于爬格码字之行当，且作品也曾行于大报名刊，丰之盛于专业工作者……文联主席任后，曾受聘于多家媒体和大企业报刊，终又回归故乡，做了《西关》的主编，更妙手生花，硬是让这朵乡野之花开放得姹紫嫣红，美不胜收，名闻县域，旗标濩泽。

“原力老师是个性情率真之人，虽年近七旬……但常觉他笔下诗文，刺贪刺孽无媚骨，叙人叙事多诚真，嬉笑怒骂，市里俗语，信手拈来，皆成诗话。诗中真情所至，无病呻吟之辈望尘莫及。《哭老城》带来一城哀怨，看《酒场》惹得哄堂大笑，读《挽春》俏皮优雅，吃《卤面》直白无俗。阵阵咂摸，心中酸辣苦甜涩五味杂陈，耳边犹有余音绕梁不绝如缕。”

赏读之余，令我感叹不已，周先生把笔行文中的散淡逍遥，超然物外之行云流水，距我心中村首之形象已是相去甚远，且别有一番格调，也令人惊叹。

开卷再阅，细细品味，心中又是有一敬。观之周先生序文，无居高临下装腔作势之评点，无矫揉造作虚言夸张之辞藻，娓娓之言含切切之情，欣欣然跃于笔端汩汩而淌，淡淡然好似墨洇洇于纸背。文实语朴蕴肺腑衷肠，非知心知己绝非有此真情流淌：“原力老师是个才艺福寿俱佳之人，除了读书写作吟咏歌赋之外，恐众人不知他拉得一手好二胡，操琴持弓，如泣如诉，似高山流水一般；摇头晃脑，沉醉其中，俨然一副艺术家模样。顽童一般情之所至，忽一个倒立，也可让你大吃一惊，拍节击掌，仿佛又回少年时光。我曾析之曰：子孝妻贤，心宽体瘦，无米粮之虑，少钱财之求，已是有大福大寿之人”。

当下物欲世界，周先生更是滚滚红尘中人，能做此儒雅之文章，能为真性情之人品，实难能可贵，更令人生出十分敬意。

掩卷沉思良久，敬佩之余，不觉心生愧意。周先生的序与原力老师诗集可谓相得益彰。近年，著作者多攀权附贵，领导者也附庸风雅，不是捉刀代笔言之无物，就是文不对题胡点乱评。吾未赏奇文，竟妄下断语，谓之原力老师有檐下巴结之嫌疑，实为妄自猜度君子之心也。作此小文也谨向周原二先生表以歉意。

对于原力老师的诗，吾观之，实与诗集所名《顽童咏叹九十九》的顽童心性十分契合，其珍贵之处在原力老师年届古稀，童心未泯，顽皮之中忽见赤子情怀。所集诗作虽体系多近打油，就像他在跋中所言“我写诗连平仄韵脚都掌握不好，但我更追求诗的真情和意境。我想把诗当画一样去写，去描，把心中的情感喷发出来……这情感是流泻出来的，不是逼迫挤压出来的”。又言“我写东西是信马由缰，没有创作的甘苦滋味，只是觉得好玩而已。写不出好的作品也败在玩字上”。说起他的玩心耍性也真是所言不虚，朋友们相聚，吃酒多以扑克牌行令，而他手中所握之牌大大咧咧几近公开，全不避上下手的有意无意，我每每提醒多次，他却浑然不觉，也不改正，只说是大家玩玩，不必认真，输了也是哈哈一笑，把盏言欢，全无恼意。如所聚之人多为文友，他则起行文字令，来个诗词，或成语接龙，也如流觞曲水击鼓传花。他性气急躁，所以多有词穷之窘状，每遇词贫之状也似顽童般一拍脑袋，哈哈大笑举杯就饮，有时刚喝下去就想出好词好句，又是一副懊恼不已的率真少年之景象。

原力老师是真性情之人，常心怀坦荡，并有非凡勇者之气象。有则佳话流传于坊间经久，他还在文联主席任上时，某任县府官员在县城改造的政绩工程中，急功近利引起许多非议，一度在县城弄得沸沸扬扬。由于涉他家乡地方诸多百姓利益，不知道他是受人怂恿，还是出自内心愤激，竟编有打油诗若干首予以抨击，在手机短信平台一时流传甚广。正所谓周宏先生序中“刺贪刺孽无媚骨”所实言，不知道他二人是否在此事件中有默契之心。为此当事之人亦恼羞所恨，大怒之下，囿他于双规之地，失去活动自由数日。想文联本一清水衙门，办案之人也知他的为人及内里情形，不愿以莫须有治他，但又无奈于骑虎势之难下，终以家中存有数册文联藏书为窃书罪，给以警告处分，草草了事。隔多年后我和他谈及此事，他心境平静，淡然一笑，无怨无恨。以他品行，当年也未必有心灵煎熬一说。

原力老师顽童一般心性，人品也似赤子一般磊落，其诗作亦如其人，周宏先生在序言中已有精彩评说，无须赘言，大家闲暇之余可索来一阅，即可见其文章性情和精神风华。

二〇〇九年春

随想录

死亡，是遥遥无期，还是指日可待？谁能说不是到另一个世界的旅行？如果这个世界上再无坦诚相见之人，活着倒是一种悲哀！

理想，一种执着的念想，文学的幻觉，宗教的虚无。没有人承诺给我们兑现，我们也就不能把曾有过的理想强行在现实中去兑现。但是，用智者的话说，人生的理想可以一眼望到尽头，并予以实践。我理解为忠贞与坚守。

一个戏迷朋友和我说，旧时演员大都有同性恋倾向，大多患有人格分裂症。其实何止演员，那些著名的画家、诗人、艺术家，乃至哲学家不都在人格分裂症的痛苦中挣扎！甚至于生活在专制体制下的人民。只是形式不同而已。不患此症者有两种情形，一是外部世界的柔软性、可容性强。二是内心有足够的圆滑性、可塑性、可转移性，或失去了人性。

有一部印度的宗教电影叫《轮回》，里面有一句话说得好：“有些东西我们必须拥有过，才能学会放弃。”看了后对释迦牟尼和李叔同人生的精神升华，或蜕变有了一种豁然的理解。以前的人云亦云都是肤浅的，或是一种自我想象的悖论。

人生的底牌是不能提前翻看的，看后会令人索然。但很多人常等不及。这令我想起冯梦龙《警世通言》中的“杜十娘怒沉百宝箱”。其实也是这个世界或明或暗的场景。既然底牌如此得好，我们何不慢慢把牌打到最后，而不是忙着摊牌。

所谓不在乎钱，只是穷人掩饰贫穷的一种手段而已。这世上的一切都在暗中标好了价格。青春、身体、时间，乃至命运。我们能不善待金钱吗？

在某个事件中，我看清一个恒久的道理。在男人都普遍懦弱而又故作深沉的年代，女人把自己都熬成了脊梁，且义无反顾，我从心底里佩服。但文人为什么总把她们说成祸水？从周秦到汉唐，从马嵬坡到红都女，比比皆是，一线贯之。

等你从生活的炼狱穿过，尊严还有几何？卑微不仅将是你个人的人生底色，它将像种姓制度的烙印，打上几代人的额头。这种现实社会的悲哀，改变将是遥遥无期，恐只能以期于上帝。

据说，地球变暖是要退回无边的荒寒，将埋葬一切人间的腐朽，是重回冰川纪吗？是地球的重生，人类的重生吗？只是亿万年太久，只争朝夕方好。

分别与重逢，把攒了一肚子的话腾空，让风霜凋零的苍老回光返照重现一段旧日容颜。然后就没了趣味，犹如嚼蜡。

有一种思念一旦植入心田，就会像湿地里的一蔓瓜秧，疯狂地生长。

结婚与离婚的理由是相同的，一为了柴米，二为了情趣。

“对牛弹琴”，牛往往懂得，因有牛性，君不见动物常有对音乐摇头摆尾而舞吗？而人则常常不懂，听之漠然，实是少了人性，与五线谱识否无关。

朋友之间的谎言，一旦被戳破，是刺骨的冷。女人一旦有了心计也就不可爱了。但没有心计又如何保护自己？两难境地。也可说心性之二律背反。

其实感情与钱是最有关系的，不是为之付出，就是因之获得。

何为伪装，就是貌似矜持的外表掩饰下，其实都蛰伏着一丝时而强烈时而怯懦的心理。不管贫穷与富贵。

读周宗奇先生《秦淮遗恨》之断章，方识得钱谦益乃道德气节皆有大亏之人，所为与其前世道德文章知行不一。远东林而附魏党余实为不义，更别说“起草降表”之胆破，“头痒水冷”之猥琐。

观其作为，乾隆实是眼炬之人，将其列入《贰臣传》乙编，并评价之为“本一有才无行之人……”还有诗云论其“进退都无据，文章哪有光”之断语。

唉！只是落得河东君情何以堪。

有些作家是在刀刃上炼成的，现代如王朔等。有些是在被卑弱击垮后的心灵洞穴里炼成的，比如卡夫卡、史铁生等。

写作其实是记录历史或复述历史，现实历史或心灵历史。现实生活每一个切面都是历史的展示，昨天就是今天的历史，今天就是以后永远的历史。写作的诱惑或许就是对历史疼痛的感觉。

张岱《夜航船》记有一则：索米作传。曰："陈寿尝为诸葛武侯书佐，受挞百下；其父为武侯所髡，故《蜀志》多诬罔。又丁廙、丁仪有盛名于魏，寿谓其子曰：'可觅千斛米见与，当为尊公作一佳传。'丁不与，竟不为立传。"可见陈寿人品之鄙，且糊涂，竟不想后人也将其入传以记之。真可谓利令智昏。

胡适说"桐城文章通顺清淡"，钱玄同却说"桐城谬种，选学妖孽"，刘师培崇"骈文之一体，实为文类之正宗"，周作人则赞："《颜氏家训》之境界：理性通达，感情温厚，气象冲和，文词渊雅。"

有感：胡适的温尔敦厚，钱玄同的离经叛道，刘师培独好六朝，周作人冲和淡雅。大师文章之道，都有文脉之承继，吾辈不及远矣！

二〇一九年五月

附录：

穷苦之言晚乃善，悲悯之文老更成

——我读王继红其人其作

赵　勇

一

王继红先生长我十岁，是我三年前才结识的家乡朋友。我在《赵树理的幽灵》一书的后记中说过，晋城那边的文友能成为我朋友者，全部都是聂尔兄拽过来的，我沾了他的光。继红先生也是如此。记得二〇一八年春节，我大年三十开车回老家，却已盘算着正月初五火速返京。来去匆匆，盖因接一大单写约稿，限时完成，我不敢在家里长住。大年初一我向聂尔兄说明实情，问他哪天有空，有无时间见面喝酒云云。知我如此狼狈，他便当机立断，说第二天可尾随我去丈母娘家，把酒喝到阳城。他敢如此豪迈，是因三个月前认识了个新朋友，此人正是王继红。

那天晚上，我们在阳城一家饭店相聚。王继红出场之前，聂尔已给我做过铺垫，说这个王总本是一家汽修厂老板，如今已赋闲在家，却痴心不改，想回归文学，因为他是资深文艺青年。这个介绍让我好奇心大增，随后见到他，果然有了些文学青年的模样。在我的算术公式中，老板等于商人，商人等于大款，大款又等于土豪。土豪往往脖颈上挂着金链子，手腕上戴着串珠子，牙缝里夹着韭菜叶子，喜欢咋咋呼呼，刻意人前炫富。而自从有了赵本山、范伟的小品《卖拐》后，“脑袋大脖子粗”也成为埋汰大款的经典形象。但出现在我面前的王总却慈眉善目，脖子和脑袋也是寻常比例。开口说话，又朴实得真，谦和得紧，恂恂如乡村老夫子。这样，他就让我的“刻板印象”碎了一地。

那天的摄影家李前进沉默寡言，萎靡不振，又因负有开车护送聂尔之责，也不敢喝酒。所以，边喝边聊、放肆说笑就成了我们仨的事情。酒至酣处，王总忽然冒出金句，说，我这人讲究脚踏实地，但偶尔也会仰望星空。我立刻接话道，那你厉害！只是脚踏实地不行，老是仰望星空也不行，偶尔仰望一下，说明你有情怀，有理想，还有追求。

喝了一瓶老酒，聊出了大雪纷飞，于是我决定暂住阳城，把另一篇不需要动用多少资料的急稿——《我与〈博览群书〉的“爱情”故事》写出来。初三下午正写到兴头上，忽接王总电话，他问我是否想去骏马岭公园转转。犹豫片刻，我答应了。不一会儿，他开车来，先带我参观他的汽修厂，然后我们向骏马岭公园走去。他说“骏马岭”本叫“走马岭”，原是一片土地，建公园始改现名。我顺嘴评论，还是“走马岭”好，一改就显得没文化，俗！

如今，我已在《家园故旧》一书中看到了他的相关描述：“走马岭是一条东西向的山脊，有十多里长，东起我所居住的村子背后，向西没入中条山余脉的沟沟壑壑中。传说因古时长平之战秦将白起的兵马路过而得名。山脊的一侧有一条不长的沟叫‘好汉沟’，名字莫名其妙地好听，沟约有二里，不长也不深。沟中散着几丘野坟和几丛在寒风中瑟瑟的白色蒿草，在孤寂无人的旷野中显得冷森森的。沟沿上一条弯曲的羊肠道，恍惚向沟外动感地扭动着。”（《男人你为什么哭》）景物就是这样，当你与它日夜厮守、耳鬓厮磨时，你才能物我互动，一切景语皆情语。否则，景就疏离，物也恍惚，我也成了单纯看客。

那天，我这枚看客便与王总漫步在走马岭的高地上，脚下是修葺一新的步行道。他则粗枝大叶地讲起了自己的人生经历——年轻时喜好文学，写过小说，也差点发表，那时还是农机站的一个小头头。一九八二年底出来干个体户，弄汽修厂，一直弄到现在，离文学也越来越远。虽然也挣了些钱，却一直有一种孤独感。前两年身体出了点情况，就把厂子交给弟弟，自己则抽身而退。

如今是想拾起年轻时的爱好，写点东西，与近年那个拜过把兄弟也写东西的朋友出个合集。然后我们谈及聂尔，他说，聂尔那么有才华，人却如此随和。我说，这个家伙年轻时也是孤傲之徒，随和是后来的事。他天分很高，要不当年怎么会是晋城县的文科状元？但如今他已混成晋城文人圈中的老大，人在江湖，应酬就多，恐怕会影响写作。他说，有次聂尔聊到你，就感叹了一下，觉得你现在可是混好了。我哈哈大笑说，其实也没混出个饸饹面。每个人的命运都不一样，如果他不是因为那条腿，或许会是另一种样子，但另一种样子是不是就比现在的这样好，也不好说。接着我们又说起张暄，他说，我读过张暄的几篇小说，觉得他已掌握了写小说的诀窍。我说，张暄进步很快，我给他的小说集《病症》写过评论，但我觉得他的格局还可以大一些，境界还可以高一些。

我们就这样有一搭没一搭地聊着，心无顾忌，口无遮拦，直来直去，有啥说啥。相识还不到二十四小时，却仿佛已是故交知己。临分别时，他说他有个女儿在北京工作，也不时会去北京小住。我说那就北京再见。

忽一日，他与我联系，说已在北京，想去听我讲课，也借此见识一下大学课堂是什么样子。我闻听大喜，觉得王总心中果然还有诗与远方，便告他课名、上课时间和地点。二〇一八年的春季学期我有两门课，一门是“文艺学方法论”，小课，给博士生讲；另一门是“文学理论专题”，大课，给本科生上。博士生的课他去听了，对此，他已有《在北师大听课》一文完整记录，我在这里就不再啰唆。需要补充的是，本科生的课他说也要听，但那天却不见其身影。课后问其故，他说其实也去了，见教室里人太多，就没好意思进去。我说人确实不少，但里面有位置啊。记得在博士生的课堂上我曾实话实说，把他介绍给了大家伙儿。如果他出现在本科生课堂上，我估计就要这么整词了：同学们，今天来了一位督导采风，还是校外民间人士。你们有什么冤屈，可以向他尽情倾诉。

就这样，在后来的两年里，但凡他将来京或已来京，总要问我课在哪里，他要去听。我的课经常排在上午八点，有一回他是坐了一宿火车后直奔教室的。他来听课，于他，可能是长见识、开眼界；在我，也算是有了一种别样体验。这些年来，高校教师讲课已成高危动作。据说，学生中已培养出“信息员”，江上有奇峰，锁在烟雾中。老师讲课，稍有出言不慎，可能就会被秘密举报，然后轻者请喝茶，重者被下课。现实如此严峻，我倒是也一直严守着马克斯·韦伯《学术作为一种志业》中的职业伦理——“如果有教授用自己个人的政治见解来影响学生，而不是让人从自己的知识和学术经验中获益，我认为是不负责任的。”但一时兴起，或许也有隔山打牛之语呼啸而出。于是，偶尔有督导深入教学一线，我就两股战战，手心出汗，唯恐哪句话擦枪走火，触礁翻船。为了自我保护，我只好自己录音，以免被人断章取义，跳进黄河也洗不清。但假督导王总听课，我却很放松，有状态，基本上是能喝八两喝一斤，仿佛他是家乡人民派来的代表，来京检阅三军将士。于是他一到来，我就言之不足，故嗟叹之。嗟叹之不足，故咏歌之。咏歌之不足，不知手之舞之足之蹈之也。

我是不是有点人来疯？

当然，也有脑子发木口齿不清的时候。例如，二〇一八年十一月中旬，他又来听课，课后我带他去办公室闲聊几句，开口就说，情况不妙，最近我正在遭遇越来越严重的睡眠障碍……

大概是听过我两次课后，王总跟我说起个想法——他想让我指导他写篇论文，既加强写作锻炼，也为读书寻找方向。指导论文是咱的强项，但我觉得当面聊，待我子丑寅卯弄清楚他甲乙丙丁之后，才好定选题，找方案。于是我们相约面谈。那天聊着聊着，我便意识到他对散文兴趣颇浓，既如此，何不好好去读一些当代散文家的作品，琢磨一下他们的语言？比如，已故的汪曾祺、史铁生，健在的高尔泰、张承志。他们的风格自然是各师成心，其异如面；其表达也各有千秋，其味不一——或雅俗互渗，或典雅醇厚，或风清骨峻，或健笔凌云。汪曾祺说“写小说就是写语言”，聂尔说“写散文就是写句子”，他们都讲到了根儿上。聂尔的语言也非常讲究，但心可以慕，手无法追。品读这些作家的语言，本身就是一个学习的过程，若再能琢磨出个道道，形成问题意识，选择一个角度，就能写篇论文了。末了我还向他推荐，郭预衡先生的《中国散文史》是真家伙，我的导师童庆炳老师也赞不绝口，像这种书不妨一读。社科院的程巍写过一篇文章，名叫《句子的手艺》，其中讲翻译家郭宏安先生，出差路上读的是《先秦散文选》。他要干吗？那时他正在翻译加缪，他想把加缪语言那种“高妙的贫瘠性”译出来，却不得不求助于先秦散文，在其简约节制中寻找灵感。所以要向文言文学习，向唐宋八大家取经。

大概是王总那种活到老、学到老的劲头感染了我，我也就把我那颗好为人师的心调理到蠢蠢欲动状态，信口开河讲了一堆。不久王总就告诉我，他已花三百元买回《中国散文史》，想跟着书里提及的作家看其作品，即便写不成论文，读读他们的作品也是有好处的。我说，这就对了。任何文学史都只是搭了个架子，关键是读作品。

二○一九年的初始长聊也在阳城，那是对头一年春节喝酒版的全面复制。此后这一年，我与王总的见面次数陡然增多，或北京，或老家——开会、听课、访友、喝酒。记得那年十月，他又一次听我课后说，晚上要与山西作家周宗奇、人民文学出版社管士光聚餐，力邀我前往，并说管先生很想见我。但一是因为那天课后太累，二是我也正在“与死神赛跑”——我的大学老师梁归智先生已不久于人世，而我访谈他的二校清样稿已经到位，编辑希望我在一前一后补写些东西，须当晚交上——于是只好爽约。几天之后，路遥的生前好友海波来京开会，邀我聚聚，我便决定将功补过，拽上王总。王总说，我去合适吗？我说合适。后来我给他们俩拍了照，发现一个是未出大名的资深作家，一个是默默无闻的资深文青，年龄相仿，长相接近，果然很搭。于是我乘胜追击，第二天又邀他到中国社科院，参加了“纪念路遥诞辰七十周年座谈会”。

二〇二〇年春节前夕，聂尔来北京过年，我则又在大年三十开车回了老家。那时，武汉疫情已全面暴发，人心惶惶，正是“山川异域，风月同天”之时。我虽大年初二又随老妻回了娘家，却已如惊弓之鸟，临时决定初四返京。于是我给王总微信：“我今天来了阳城，但鉴于目前形势，我们就不见面了。给您拜个年：新春快乐安康，万事如意！”他立刻回复：“上午我还和聂老师念叨您，我问不知回来否？他说开车回了。就说回来了，这走还是问题。还是早点回去吧，要不北京也要封吧。祝全家新年安康！”

随后的二〇二〇年，天翻地覆，世界已彻底变样。而因为疫情，我没回过晋城阳城，王总似也没来过北京。我与他几无联系。

二〇二一年刚过没几天，他发来了他的散文集——《家园故旧》。

二

其实，在读继红先生《家园故旧》之前，我已在朋友圈中读过他几篇微信推文，当时就觉得他笔法老到，写得不歪。如今，知其人又读其书，人与书就开始碰撞、共鸣、互通有无，我就说几句读后感吧。

这本书中有篇万字长文《粗缯大布裹生涯》，我认为写得好，也重要。那是继红三十岁以前的人生经历，也是他心灵的成长史，灵魂的修炼史。他从一九六六年进入一所乡下初中写起，一直写到八十年代初他的“文学嘉年华”，写到一九八三年他在改革开放的浩荡春风中准备弃文经商，开始他的新的人生之旅。这篇文章有故事，有人物，有事件，有贫穷与荒凉，有疼痛与抚摸，有人性的苏醒和心灵的悸动，一唱三叹，荡气回肠，是我喜欢读的大散文！

我曾写过一篇更长的文章《我的学校我的庙》，那是我所经历的七十年代的陈年旧事。我的那段岁月大致重叠在继红所叙述的时间段里，但十岁之差，也注定了我只能在那座大庙里经历种种荒诞，他却可以在“广阔天地炼红心”的同时观察现实界的贫穷与野蛮，品尝人世间的温暖与良善了。铲粪担粪，在棉花地里打农药乃至中毒、武斗，背着“三八大盖”巡逻，以突击查户口的名义裸露人性之恶，办学习班，地富反坏右，一妇二夫拉边套，反修防修深挖洞，饥饿，投机倒把换粮食，“东方红”履带拖拉机，拖拉机手的人前荣耀，与女拖拉机手若有若无的爱情，围河造田——让高山低头，叫河水让路的大无畏疯狂，濩泽河大坝，滔天洪水中七七一十四人遇难，接车时的孤身长旅与一路事故一路感动，与义父的生命相遇，《天安门诗抄》手抄本，像《小镇上的将军》那样写作，人生十字路口的重大抉择……这些语码以及隐藏其后的悲喜剧和荒诞剧，虽然我大都没有亲身体验过，却似乎又异常熟悉，因为这样的事情也发生在我们那里，我小时候已耳闻目睹了不少。例如，他亲自参与过濩泽河大坝的修建，而我则亲见丹河大坝如何在我们村前拔地而起。有一次发洪水，水漫大坝，村前浊浪翻滚，被造之田中所种的庄稼，一片汪洋都不见。莫非那就是他书中描述的一九七三年？

这些或许还不是最重要的，重要的是在十八岁那年，王继红遇到了他人生的引路人——复生先生。复生先生算是文化人，大他四十岁，因“六二压”返回农村，却从无怨言，宅心仁厚。继红说他任粮库保管，称粮时“无论对谁秤尾总是高高的收住，恐每一家称回的粮都要多个半斤八两的吧。……在那个可以把穷人难死的年代里，像他这一类人的恻隐之心，像枪口抬起了一分的士兵一样，默默地呵护了那些卑微的生命之光。”而在那个岁月荒芜人生迷茫的年代，复生先生也成了王继红的“生命之光”。他的仁爱之心，他的训诂之辞（“敦”就是“敦笃厚实之人”），他对继红文学之愿的催生与引导，无不透露着一个乡村知识分子灵魂的高贵、眼界的宽广。而“在病重之时，他要认我做义子，那羞涩之情、嚅嗫之言如一杯老酒，存在我心灵柔和的一角，愈久则愈醇。他弥留之际，固执地等待着我，就为着此生那最后一握。此情义于我的一生从未荒芜”。这种诉求又确实令人动容。这是告别的仪式，也是对善与爱、信念与坚守之使者的身份认定。

我总觉得，人不分高低贵贱，这一辈子都会遭遇人生的重要时刻。这种时刻之所以重要，是因为它会影响人之个性，淬炼人之魂灵，丰富人之情感，改变人之命运。与复生先生相遇，显然就是王继红的这种时刻。他的谦卑，他的善良，他在书中不时提及的羞涩，他作为商人的成功，以及他怀揣多年的“诗与远方”之梦，很大程度上应该都得益于他这位义父的言传身教。于是义父遂成精神之父，重要时刻也演变为人生中的重大事件。晋城那里有句乡村谚语，叫作“跟好人，学好人，跟上师婆就磨神”，这当然可以为继红与复生的关系提供一种解释，但他们仿佛也走进“成长小说”的叙事模式中，不由得让我暗自惊叹。叙事学离不开主角和帮手，引路人往往又是成长小说中的重要角色。于是复生之于继红，如同朱赫来之于柯察金。在把革命做坏的年代，继红当然不可能像保尔那样走上革命之路，但复生的导引，却无疑又是让他柳暗花明的“常青指路”。

以复生先生为中心，或者是在复生先生人性之光的烛照下，继红笔下出现了许多小人物。他们虽出身卑微，却处处寻求着人格之尊，闪现着人性之美。干娘滋养了义父的精神，干娘也是义父精神的一种延续。这位“巧为拙者奴”了一辈子的大家闺秀，最后给自己做寿衣时“那么认真、镇静，安详、妥帖，她要为自己的离世也留给我们一份高贵的尊严，一份冷静的尊严”。（《干娘》）父亲是参加过解放战争的退役老兵，却长期被人遗忘。当他终于每月能从民政部门领取二十五元的生活补助时，“已是六十多岁的父亲竟像孩子一般地笑了”。而作为儿子，“直到今天我才读懂了，父亲其实是视它为自己的尊严和荣耀，并在心中默默守护着他生命中这唯一的尊严与荣耀。”（《父亲的辉煌》）在这些地方，作者仿佛要告诉人们，即便时代如何变化，人也有尊严需要守护，即便他贱如蝼蚁。

当然，更多的小人物是游走在生活底层的，他们哭着、笑着，生着、死着，因进入作者生活而被书写，又因被书写而引发了作者的悲悯之心与感恩之念。板头年轻时精明强干，但后来却落魄得没了人样。他死后作者说："想想他死了，心中震颤过后，不禁舒了口气。做人的卑微，生活的困顿，女儿的恶语相向，酒精的煎熬难耐，一瞬间都可以放下了。"（《板头》）老憨是生意中人，得意时有山中别墅，挥金如土；破产后债台高筑，英雄末路。一番长聊后作者感慨道："告辞时他不让我送，我只好在办公室门口看着他宽宽松松的身体在长长的楼道摇摇晃晃走过，他曾经是尊虎背熊腰之相，宽大的八字脚呼呼生风能横扫一切，如今摇摇晃晃似有蹒跚，看来金钱虽不万能，确是一个人生活的底气。"（《老憨往事》）这些都是大彻大悟之语，但里面却难掩关爱中的同情，同情中的理解，理解中的悲悯，悲悯中的哀其不幸，怨其不争。而更多的时候，他则写他生命中遇到的大善之人，感恩之情溢于言表。我甚至觉得，他写许多篇章的初始动因之一就是缘于感恩。他说干娘"把义父留给她的五百元的存款单悉数予我，这在当时算一个大数字，尤其是出于一个没有任何收入的老媪之手。她却简单而平静到几个字'你把它取了'"。他说永远忘不了近五十年前"那个寒月如水的冬夜，那个温暖的牛圈"，有一群擦肩而过的陌生人曾经帮他走出困境。他曾给我讲过当年收到周宗奇先生写给他的改稿信时如何感动，也曾讲过在北京见到只有一面之缘、阔别三十多年的张改荣老师如何激动，如今，他们已融入作者的青春往事与文学旧梦，成为《我与〈山西文学〉的擦肩而过》中的主要内容。所有这些都涉及感恩。在今天这个人情浇薄的年代，感恩已成为一件十分奢侈的事情。精致的利己主义者在精致地经营自我，野蛮的存在主义者在野蛮地卸磨杀驴，他们或者高喊着“我本楚狂人”，或者念叨着“他人即地狱”，唯恐把自己的伟大成就记在别人的功劳簿上。于是，忘恩负义盛行，薄情寡义走俏，无情无义猖獗。从这个意义上说，王继红的感恩之举是示范也是提醒，更是对传统礼仪的一种维护和修复。

实际上，这次通读王继红的所有作品，于我而言既是好奇与探寻，也是坐实与印证。我在想，这位四十年前差点发表小说的资深文青究竟有着怎样的文学功底？带着这种疑问读其书，果然就发现他童子功不俗。比如，他的细节捕捉和描摹能力极强，一些地方几笔下去，人就活了，情也深了。二〇〇六年，五十多岁的他去那座安陆小城看望已是耄耋老人的伯父，他是这样写的：

> 返回时走在新的大街上，他竟把我领到商场里说要给我买一套新衣服穿，我笑了，没让他买，他显得有点失望和尴尬。在街上他的熟人很多，每遇到他总是会这样说，“这是我的侄子，从老家来看望我……”他显得微微的激动和局促，苍老的脸上现出孩童般的光芒，像一阵绵绵的春雨，把我的心浸得一片湿润。真的好想抱抱他那已是孱弱

不堪的臂膀。(《轨迹》)

在这里，老人被侄子惦记进而被看望的欣喜是发自肺腑的，他只好用看似正常其实反常的“买衣服”来表达这种欣喜。虽然他们都一把年纪了，但伯父依然把侄子当成了小孩，他想重温旧梦。已是大人的侄子拂了他的好意，却也把他拉回了现实之中，于是“失望和尴尬”中也就有了梦的破碎。——像这种细节就很是精彩。

再举一例。小时候，“板头是一把推独轮车的好手，跑得最快，用一把锋利的小锹铲土装车，装得也最快。每次装完都在小车上尖尖的土堆上使劲拍一下，拍成平头。”但落魄之后，他成了这个样子：

当再看见他时，五十岁的板头已失去他年轻时曾有过的精明强干。他驼着背，眯着一双浑浊的眼睛似昏昏欲睡，似一副极猥琐的样子。油油的衣服荡在他疲惫的身上，板板的小平头已成一窝杂乱的草，拉着一板车，卖水果，懒懒散散的，见了我也只是讪讪地笑。聊了两句便说：给弄瓶酒喝喝嘛。从我手中拿了十元钱转身进入桥头小卖店，二两半装的小瓶“二锅头”买了两瓶，拧开，一仰而尽，再拧，再一仰，只是这次结束得缓些，还慢慢“咕嘟”了两声，直到最后一滴酒滴进喉咙，才把找回的钱递我。马上，满足的眼中才稍有精神，脸上还是讪讪的略显尴尬的笑。时值上午九时，我不忍睹，忙匆匆离去。（《板头》）

“落魄江湖载酒行”是雅趣，“落魄街头要酒喝”则是窘态，是现在所谓的“囧”。板头要钱买酒的语态，急于喝酒的神态，令人发笑又让人心中酸楚。作者淡淡的几笔勾勒，就让板头“神采”毕现了。

凡此种种，在王继红的童子功上找答案应该没有太大问题，但我也倾向于把问题复杂化。其实，读完继红书稿，我就想起我在他弃文经商的年纪曾写过一篇《回忆与散文》的长文。我写此文的主要动因，一是迷恋孙犁的散文之美，二也欣赏他对散文的定位——散文是“一种老年人的文体”。我所论者，是散文与老年人可能存在一种异质同构的格式塔关系。读继红文，更加坚定了我的这一想法。或者也可以说，继红之文为孙犁的命题提供了一个佐证案例。不妨想想，继红少年蹉跎岁月，没念过几天书；青年时又战天斗地，恢复高考时也没考大学。彼时他虽对文学痴迷，离出道也只有一步之遥，但即便有小说行世，假如他写不出《春之声》《黑骏马》《镢柄韩宝山》那样的小说，超不过赵本夫的

《卖驴》或高晓声的《陈奂生进城》，肯定无法一鸣惊人。于是他浅尝辄止，见好就收，转而创业于实体经济，打拼于商业战场。待阅人无数，心已沧桑，进入杖乡之年后，才重操笔墨，写旧人旧事，抒感慨悲凉。这时候，他已被散文召唤。就像“不是我说话，而是话说我”的结构主义命题一样，当然是他在写散文，但散文这种文体也在写他。于是穷苦困顿之事，高风亮节之人，怅然慨然之思，悲悯感恩之念，便才下眉头，却上心头。凡此种种，感荡心灵，非陈文何以展其义？非长歌何以骋其情？于是，他找到了散文，散文也找到了他。

而这时候，也只有在这时候，他才能摒弃各种功利野心，用本色家常语写家常事，写出自己的情怀，也写出某种境界。因此读着他的书，我想到了韩愈的“穷苦之言易好”，想到了曾巩的“羲之之书晚乃善”，也想到了杜甫的“庾信文章老更成”。可以说，继红的文章走的是一条散文正道，这样就好，这样很好！

也因此，他的一些担心是没有必要的。记得他写开后也曾念叨，他是生意中人，而非文学中人，写出这些凡人小事有无价值？而在我看来，散文写作的意义也正在这里。散文不是小说，不是报告文学，它并不负有宏大叙事的使命。只要写出自己的生命体验，写得真，写得好，这就是散文，它就有价值。古往今来，从《报任安书》到《项脊轩志》，从《朝花夕拾》到《寻找家园》，哪一篇不是写个人事？哪一本不是遣自我怀？对此，王继红其实已有感悟，他说："写作其实是记录历史或复述历史，现实历史或心灵历史。……写作的诱惑或许就是对历史疼痛的感觉。"（《随想录》）我想补充的是，这种历史不是民族"大历史"（History）而就是个人"小历史"（histories）。但是，个人小历史中的芝麻小事并不因其"小"就远离了"大"，在一九六〇年代西方世界的文化革命中，曾诞生过一句名言："个人的事就是政治的事。"

走笔至此，我可以谈谈我对《聂尔印象》的印象了。记得继红先生刚写毕此文，就让我先睹为快。因为忙乱，读过后却忘了说我的看法。我觉得继红与聂尔交往三年多，已能对其人与文入乎其内、出乎其外，可以说已相当不易了。古人既有因内符外、文如其人之说，今人也有"热中人作冰雪文"之词，这说明人与文的关系并非一锤定音，天然吻合。具体到聂尔，我觉得他的人格与文格可谓高度统一，但文风与人风（非柳宗元《捕蛇者说》中之"人风"）却时有错位。继红写到聂尔对底层文学青年付之于行动的关爱、支持和帮扶，这一面恰恰是我不熟悉的，但我并非不能感同身受。我博士毕业那年，机缘巧合，便在北五环附近买了个期房，但十二万的首付却让我大发其愁，因为我倾其所有，只凑够了六万，另一半不得不向原工作单位的朋友借。过年回家与聂尔讲起此事，他感慨一番，并未多言。但让我意想不到的是，后来我去他家喝酒，他却拎出一捆万元现金，塞我手里，说，这个钱让你填补买房塌下的窟窿，你可以无限期地还我！那个时候，我的耳边就响起李玉和《赴宴斗鸠山》前的台词："有您这碗酒垫底，什么样的酒我全能对付！"我也一下子"浑身是胆雄赳赳"起来，只后悔当时房子少买了五十平方米。继红在文中提到的那个"偶然事件"，也是因我而起。当聂尔给我讲述那件事情的细节时，我除了欣赏其胆识，也更敬佩他处乱不惊的智慧。然而直到现在，这个事件却依然不得不隐没在暗处，无法言说。我多么希望福柯所谓的那个"故事讲述的年代"能早日到来！

所有这些，都融入聂尔的散文之中，成为支撑其"蓬莱文章建安骨"的坚实底座。

然而，他在为人处世方面的豁达与洒脱却并未完全进入文章之中。十多年前，我曾写过《高调地笑，低调地写——关于聂尔的闲言碎语》，似乎就是在谈其人风与文风的错位。我觉得聂尔人风的主旋律也是人来疯，人一走，估计他基本上也就封了——封闭自己，移情于写作。他把本真的一面释放于朋友面前，又把本真的另一面敲击在文字之中。他也是个"两面派"。

因此，要读懂聂尔的文章并不容易，因为它既有表层书写，又有深层结构。里三层，外三层，你能读到第几层？我老婆也是他的读者，她就经常嚷嚷读得似懂非懂。我说，你不是学哲学出身吗？

记得有一次与继红先生、聂尔兄等人喝酒，席间有人问起我与聂尔散文的区别。我说，当年三毛给贾平凹写信，信中写道："三毛的作品是写给一般人看的，贾平凹的著作，是写给三毛这种真正以一生的时光来阅读的人看的。"我是三毛，聂尔就是那贾平凹。

聂尔听后不置可否，我也不知把他比作贾平凹他是否合意。如不满意，咱可以拿外国作家做比啊——聂尔就是卡夫卡，洒家如同大仲马。

但这样一来，我是不是把自己抬得太高了？

水涨船高，就这么着吧。

后记

把近年来写的一些文章集起来出一本小书，对于已近古稀之年的我，也是为了了却一个年轻时的夙愿。心境似乎已是“也无风雨也无晴”。

自小喜欢看书，什么书都看，处于渴求精神成长的年纪，却又遭遇了知识荒芜的时代，所以只要是有字的片纸于我都是极大的兴趣。读书还有个功能，就是可疗饥。少年时正遇饥荒之年，饿肚子是常态，而唯读书可忘食，同于南宋诗人尤袤之名言“饥读之以当肉，寒读之以当裘”之怀感。看的书多了而后又偷偷习小说，期望以此谋生，或逃离农村，或成就理想。终不成。逢开放之变局，遂从商。

多年来，虽奔波于诡谲之商途，浸淫于铜钿之戥度，但阅读杂书之兴趣却萦萦于怀之不绝，乃常视阅读为充盈思想之源流，洞明人间世事之幽径。也可以“孤寂时读之以当友朋，幽忧而读之以当金石琴瑟也”。虽无文章或仕进之成就，但遗读书之嗜好伴暮年枯寂，结文学好友，也为此生之幸事。

耳顺之年后，商事之渐于散淡，感于年轻时穷途奔命，世事维艰，对亲人、对故友疏于亲近和关心，留下人生之憾，时有感伤，遂延以笨拙之文笔深情以记之。有部分文章经原《长江文艺》主编刘益善先生有所欣赏，在其退休后被聘主编的武汉市《芳草·潮》上发表。惟在此寄以特别的感谢。还有原《太行文学》主编聂尔先生，常予以厚爱推崇有加，并为本书写下序言，我心之所感无以言表。

整理编辑之余，偶也有恍惑空虚之感，浩瀚时空，洋洋历史长河，我等微如浮尘细如涓滴，妄自鄙薄之感顿然而生。但想到书中亲人唯托我以此书纪念于文字，留一点生命痕迹延以时日，即又感于使命之沉重。还有早年给予人生教诲并期期以望的义父复生先生，常萦绕于心敦促着我。

感谢四十年前的《山西文学》主编周宗奇先生，编辑张改荣老师早年曾给予的文学启蒙和鼓励。他们是我一生以为文学之推动力。周宗奇先生还为本书慨然作序，也让我心中充满了虔诚的喜悦。

本书的编辑出版还有赖于北岳文艺出版社责任编辑王朝军老师的辛勤工作和努力促成，还有慧文兄精心的校对勘正和热情奔走。在此一并表示感谢！

是为记。

又记

北师大文学院的博导赵勇教授是我三年前通过聂尔先生在智识界识下的朋友，也算是半个老乡，因为和他的妻家同城而居。俗语不是有称“女婿为半个儿”嘛，所以拙著编好后不免就想让“大家”予以阅审一番，或也是厚着老脸勉为其难，或也是仗着一起吃过几场消磨人生之闲酒为胆壮，总之也有讨得半纸秀才人情以充门脸之虚荣心怂恿。没承想他竟全无泛泛敷衍之意，于百忙中很费得了一阵功夫，不仅审读了十多万字的拙著书稿，还写下一万多字的长文予以评说，有中肯之言也有缪赞令吾耳赤。这岂是半纸人情，分明是文人坦诚之本色与学者谨严之学风。

有感于斯，特缀附录一目，借赵勇教授一文为本书增色。其题为《穷苦之言晚乃善，悲悯之文老更成》，读之或令耳目又新。

以此为谢！